引言

　　歡迎來到《香港生物之我思我畫》！這本書是一部集精美插圖、生物小知識和個人感悟於一身的繪本。

　　香港是一個充滿驚喜和奇妙的地方，被蔚藍的大海所環繞，同時又與山脈和郊野地區相鄰，這種多樣性的地理特徵為香港賦予了生物的多樣性。三千年前，這裡曾經孕育著很多你意想不到的物種，隨著城市急速發展的步伐，雖然很多物種已漸漸滅絕，但亦有不少物種仍適應轉變存活至現今，如歐亞水獺、小靈貓等等。現時香港有超過五十種有所記錄的哺乳動物種，當中不乏稀有物種，《香港生物之我思我畫》會帶領你們深入探索這片土地上的生命奇蹟，本書將為你一一介紹這個城市的另

一面，從高山到海洋，山林到河流湖泊，你將發現
香港生物的獨特之處和有趣故事。

　　《香港生物之我思我畫》會配以作者筆下的動
物插圖和漫畫，以細膩生動的筆觸，為讀者呈現他
眼中的香港生物，一幅幅充滿生機和色彩的插圖，
將引領大家走進香港的野外世界，近距離觀察這些
動物的真實面貌。我們將為你揭示這個城市的驚
人之處，並帶給你對自然界的新鮮視角和一些不為
人知的小趣事。無論你是初次探索香港生物的多樣
性，還是對這片土地已有所了解，希望這本書都能
成為你的入門好夥伴。

CHAMO ｜ 梁煒鈞

contents

引言　2

6	八哥	50	角眼沙蟹
8	三線閉殼龜	52	赤紅山椒鳥
10	大白鷺	54	赤麻鴨
12	大彈塗魚	56	赤腹松鼠
14	大壁虎	58	赤麂
16	小白鷺	60	弧邊招潮蟹
18	小家鼠	62	果子狸
20	小葵花鳳頭鸚鵡	64	板齒鼠
22	小靈貓	66	金眶鴴
24	中國水龍	68	阿穆爾隼
26	中華白海豚	70	青彈塗魚
28	中華穿山甲	72	紅耳龜
30	中華攀雀	74	紅耳鵯
32	反嘴鷸	76	紅尾伯勞
34	孔雀花鱂	78	紅喉歌鴝
36	水牛	80	紅嘴相思鳥
38	水雉	82	紅嘴鷗
40	平胸龜	84	紅頰獴
42	汀角攀樹蟹	86	食蟹獴
44	白腹秧雞	88	香港半葉趾虎
46	江豚	90	栗背短腳鵯
48	灰麝鼩	92	粉紅燕鷗

94	臭鼩	138	綠海龜
96	草原鵰	140	銀耳相思鳥
98	豹貓	142	領角鴞
100	針毛鼠	144	歐亞水獺
102	馬夫魚	146	褐林鴞
104	馬來豪豬	148	褐家鼠
106	彩鷸	150	噪鵑
108	眼鏡蛇	152	橙頭地鶇
110	野豬	154	樹麻雀
112	斑頭鵂鶹	156	盧文氏樹蛙
114	普通翠鳥	158	鴛鴦
116	棕果蝠	160	龜殼花蛇
118	無斑箱魨	162	戴勝
120	短耳鴞	164	蟒蛇
122	紫灰錦蛇	166	藍翅希鶥
124	黃小鷺	168	藍喉太陽鳥
126	黃牛	170	鼬獾
128	黃腹鼬	172	鵲鴝
130	黑翅鳶	174	鐮魚
132	黑臉琵鷺	176	變色樹蜥
134	圓尾鱟	178	食蟹獼猴
136	圓鼻巨蜥	180	獼猴

後記　182

八哥

baat3　go1

體型
長約 21 至 27 厘米

體重
78 至 150 克之間

習性
喜歡結伴，有時會站在屋頂上排成一行。活潑好動，喜歡鳴叫，傍晚時不難聽見牠們非常吵鬧的聲音。

主食
各種植物的種子、蔬菜莖葉、田螺、螻蛄等。

遠看起來有點像....
烏鴉！

香港可能出沒的位置

分佈廣泛

和八哥犬一樣，有著魅力的外表！
中國古代時都是達官貴人的寵物鳥。
可以領會主人口令或手勢，跟著主人飛的乖巧寵物！

遠闊田野 ☑
市區公園 ☑

鳥綱雀 形目椋 鳥科
Crested myna
學名：Acridotheres cristatellus

別名為鸜鵒、寒皋、鳳頭八哥、了哥，古時稱秦吉了。為留鳥。

關於八哥的二三事

語言天賦
八哥不但善於鳴叫，亦喜歡模仿其他鳥的叫聲，經過訓練的話，可以模仿人類說話。

名字的來源
八哥之所以得名，是因為我們從下面仰望其飛翔之姿，是一個八字形狀。

驚人的警覺性
談及聰明的動物，八哥算是其中之一！
牠們對周遭環境的變化非常敏感，善於觀察，很容易察覺微小的改變。

三線閉殼龜

saam1 sin3 bai3 hok3 gwai1

體型
長約 9 至 16 厘米

體重
1 至 2 公斤之間

習性
喜歡群居，白天通常隱藏在洞穴或水草繁茂的地方，高溫或受驚時會潛入水底。喜歡在早晨和傍晚活動。

主食
雜食性，以肉食為主，有時也會吃瓜果和蔬菜。

喻意多福多財的
"吉祥物"

因被流傳可作中藥材料，不斷被非法捕獵。

全球 25 種最瀕危龜類之一！

據說因其貪食的性格，十分容易會落入獵人的陷阱，可會被捉清光

香港可能
出沒的位置

十分稀有！

溪流 ✅
小河旁邊 ✅

爬行綱 龜鱉目 地龜科
Chinese Three-striped Box Turtle
學名：Cuora trifasciata

又稱金錢龜、金頭龜，淡水龜。
其種加詞的「trifasciata」，意為
「三條線紋的」。

關於三線閉殼龜的二三事

閉殼技能

三線閉殼龜覺得危險時，會採取有
趣的防衛方式，就是將頭、尾和四
肢縮進殼裡，然後將腹甲的前後部
分向上合攏以緊閉殼口，藉以保護
自己。這亦是牠們被稱為「閉殼」
龜的原因。

龜龜部落

由於三線閉殼龜喜歡聚居，所以
在同一個洞穴裡通常會住上七八
隻龜，形成小型的龜族社區。

富貴的象徵

三線閉殼龜色彩鮮艷，猶如一件藝
術品。

其腹甲精美，有黑色或呈米字形胸
盾，橘紅色的四肢和頸部燦爛奪目。
人們將其稱為金錢龜，以象徵財富
和身分，三線閉殼龜亦因而成為了
觀賞市場上的熱門品種。

大白鷺

daai6 baak6 lou6

體型

長約 82 至 98 厘米

體重

6 至 11 公斤之間

翱翔

的樣子也很帥氣呢

習性

主要在淺水處覓食，也經常在水域附近的草地上邊走邊啄食；通常單隻或以小群活動，而在繁殖期間則可多達三百多隻的大群；白天是牠們活動的時間。

主食

以甲殼類、軟體動物、昆蟲，以及魚類、蛙類、蝌蚪和蜥蜴等為主要食物。

香港可能 出沒的位置

遠闊的平原 ✓
山地 ✓
河口 ✓
沼澤地帶 ✓

優雅公子般的站姿。
像天鵝般潔白的身軀。
繁殖期時嘴巴會變成黑色，背上會有白色飾羽！

鳥綱 鵜形目 鷺科
Great egret
學名：Ardea alba

別名為白鷺鷥、鷺鷥、風漂公子、
白漂鳥、冬莊。
大部分為候鳥。

關於大白鷺的二三事

貨幣的象徵

大白鷺的圖像除了出現在巴西五雷亞爾
的鈔票背面上，在新西蘭的兩元硬幣上
也能找到。

遷徙之旅

大白鷺無固定習性，有些是夏候鳥，
有些則為旅鳥或冬候鳥。

牠們通常會在 3 月底至 4 月中旬移居
到北部繁殖地，而在 10 月初開始就會
遷離繁殖地到南方越冬。這些鳥類在
遷徙時，以小群或家族群作為同行，
並會呈現斜線或一定角度的遷徙飛行。

小記

作者曾經在青衣公園寫生期間看到一隻
大白鷺在湖邊休息並記錄了下來。

大彈塗魚

daai6 daan6 tou4 jyu4

體型

長約 6 至 10 厘米

特徵

頭部大，帶有兩個感覺管孔。眼睛小，每側有兩個鼻孔。口很大，唇部較厚，舌頭很大，呈圓形。身體表皮很厚，

習性

具有穴居習性，故喜歡鑽洞穴，每個洞穴通常都有兩個以上的洞口。對惡劣環境的水質忍受力比一般魚類強。是能夠在水面、沙灘和岩石上利用胸鰭和尾鰭爬行或跳躍的魚類。

主食

以灘塗上的底棲藻類、小昆蟲等小型生物為食，屬雜食性魚類。

大力張開口呼吸的模樣很有辨認度！
據說是濕地公園紅樹林浮橋兩旁常見的品種。
雖然是經濟性食用魚，但從未食用過呢。

香港可能出沒的位置

習慣棲息於爛泥底質

低潮區 ✓
半鹹水的河口 ✓

條鰭魚綱 鰕虎目 背眼鰕虎魚科
Great Blue Spotted Mudskipper
學名：Boleophthalmus pectinirostris

俗名花跳、花魚、星點彈塗魚。被選
為世界自然基金會的海洋十寶之一。

關於大彈塗魚的二三事

珍饈小巧

大彈塗魚雖然體型細小，但其肉質鮮美細嫩，亦
含豐富營養價值，其身體所含有的十六種常見氨
基酸，其中八種是人體所必需。故牠們其實是極
具營養價值的美食之一！

地上魚

大彈塗魚是可以利用內鰓腔、皮膚
和尾部作為呼吸輔助器官的水生生
物。只要身體保持濕潤，就能長時
間在水面上停留。

泥地格鬥

彈塗魚之間也會打架！豎起如恐龍般的背
鰭，以胸鰭撐高身體，張開帶有許多小細
齒的嘴以試圖嚇跑對方，如果對方沒有被
嚇倒便會發動攻擊，比如直接撞向對方或
是作勢咬對方身體。兩隻雄魚會在泥地上
扭打、翻滾，激烈的肉搏戰會進行直至其
中一方敗下陣來。

大壁虎

daai6　bik1　fu2

體型

體長約 12 至 30 厘米
尾長約 10 至 14 厘米

體重

50 至 100 克之間

習性

聽力強，但白天視力差，怕強光刺激，故瞳孔經常閉合成縫。夜間覓食時，瞳孔會擴大四倍左右，視力會增強。

主食

以各類昆蟲為主要食物，包括螻蛄、蚱蜢、飛蛾等。

人如其名！

大壁虎是最大的壁虎之一

舌頭很靈活，可以舔掉眼睛上的灰塵，自帶清潔器。

如果在家中突然發現的話，一定會被嚇壞呢！

香港可能出沒的位置

荒野 ☑
石洞 ☑
岩石縫隙 ☑
住宅屋簷和牆壁 ☑
樹洞 ☑

爬蟲綱 有鱗目 壁虎科
Tokay gecko
學名：Gekko gecko

又名大守宮、蛤蚧、蛤蚧蛇等。

關於大壁虎的二三事

神奇腳掌
大壁虎的腳掌並非吸盤，而是一排排像小鈎子的微絨毛佈滿在腳掌和腳趾下的鱗片上，使其能輕易抓住物體，而微絨毛頂的端腺體是可以提高牠的吸附力的分泌物。

尾巴再生術
大壁虎尾部肌肉可以進行強力收縮，讓尾椎骨在關節面處斷裂。斷尾後，傷口會逐漸癒合並慢慢再生出一條更短更粗的新尾巴。所以大壁虎只有在迫不得已的情況下，才會以斷尾法來轉移敵人的注意力。

小記
曾經一次在前往荔枝窩的路上看見一隻超大的壁虎，是真的超巨型……

小白鷺

siu2　baak6　lou6

我心中的優雅公子二號！

體型
長約 52 至 68 厘米

體重
350 至 540 克之間

習性
喜歡在水邊地區群體活動，啄食水中的動物。晚上會棲息在高大樹木的頂部或庭園樹林。

主食
主要以各種的小型魚類為食，也吃蝦、蟹、蝌蚪和水生昆蟲等動物，會吃少量穀物等植物性食物。

可以試試到香港濕地公園、大埔滘找尋牠的身影

外觀會隨季節和生命階段變身。

「人」字形狀的飛行隊形。

香港可能出沒的位置

濕地 ☑
山地 ☑
河口 ☑
沼澤地帶 ☑

鳥綱 鸛形目 鷺科
Little egret
學名：Egretta garzetta

又名白鷺。

關於小白鷺的二三事

白鷺變身術

繁殖期期間，小白鷺眼睛會變成紅色，其頭部後方也會長出兩條長達 21.5 厘米的裝飾羽毛，背部還會有 13 至 49 根上翹的蓑羽。

翩翩起舞

在古代中國的《毛詩・周頌》中，詩人就用「振鷺於飛，於彼西雍」來形容小白鷺飛翔時的氣勢不凡。

舊地情結

小白鷺喜歡在同一區域活動，甚至是在同一枯枝或樹幹上停留。如果停歇的區域是陌生的，牠們會感到不安和緊張，會四處東張西望，無法安心休息。

小家鼠

siu2　gaa1　syu2

體型
長約 6 至 9 厘米

體重
12 至 30 克之間

習性
在晨昏時份最為活躍。秋天會在成熟的農田出現。

主食
雜食性，以植物性的食物為主，最喜歡的食物是各種穀物和種子。

香港可能出沒的位置

室內 ☑
農田環境 ☑

這是最常見的鼠種之一！
只要有人居住的地方，就有「我」。
特徵是上頜門齒內側有一個明顯的缺損。

哺乳綱 齧齒目 鼠科
House mouse
學名：Mus musculus

也稱為家鼠、鼷鼠或小鼠。

關於小家鼠的二三事

兄弟們，上啊！

小家鼠社會

小家鼠是群居的，雄性領袖會在自己的領土內與多隻雌鼠組成家庭，並與牠們的後代一起生活，有時雄性之間也會有爭奪領地的情況。

在一個小家鼠家族中，有時也會發生爭鬥，但是有外界入侵者的話，牠們會團結一致抵禦的！

疾病研究中的得力助手

小家鼠是全球分佈廣泛的一種重要生物，因其生理、解剖、代謝和免疫系統與人類相似，而生殖力也強，因此，小家鼠是研究人類疾病和藥物療效的理想模式生物。

黑名單

小家鼠被國際自然保護聯盟物種存續委員會的入侵物種專家小組列為世界百大外來入侵物種之一。因為牠們常常會啃食農作物，並且身上也會帶著病原體將疾病傳播開去。

小葵花鳳頭鸚鵡

siu2 kwai4 faa1 fung6 tau4 jing1 mou5

體型
長約 35 至 50 厘米

體重
800 至 975 克之間

十分活潑的外表！

長壽寶寶，壽命可達 50 年。

被列入《世界自然保護聯盟》（IUCN）2012 年瀕危物種紅色名錄 ver3.1——極危（CR）。

冠羽會因產地不同而有所不同

習性
停下來的時候，會不斷鳴叫，其鳳頭也會不斷地起落。通常以成對或 3 至 9 隻左右的數量一起覓食與活動，有時也會聚集在有果實的樹上或與折衷鸚鵡（eclectus roratus）一起覓食。

主食
天然食物包括種子、水果、穀物等。

香港可能出沒的位置

遼闊林地 ✓
森林 ✓
農地 ✓

有可能在香港島的森林或林地邊緣，以及中西區的城市公園出沒！

鳥綱 鸚形目 鸚鵡科
Yellow-crested cockatoo
學名：Cacatua sulphurea

又稱小巴丹鸚鵡、小巴。
目前為一級保育類。
候鳥。

關於小葵花鳳頭鸚鵡的二三事

辮子冠羽

小葵花鳳頭鸚鵡的羽冠展開時，會呈現出一個美麗的扇形，引人注目。在不打開羽冠的情況下，就會形成一個微翹的「辮子」。

噪音狂歡

小葵花鳳頭鸚鵡聚集在一起時，會發出各種各樣的聲音，非常吵鬧。

動物行為學者康拉德‧勞侖茲在他的著作《所羅門王的指環》裡形容葵花鸚鵡的叫聲像「用擴音機放大幾倍的殺豬聲」，感覺很可怕呢！

舞王基因

小葵花鳳頭鸚鵡喜歡跟隨音樂節奏來回擺動。而當小葵花鳳頭鸚鵡跳舞時，牠們也非常喜歡用力甩頭，使用牠們的「頭冠」來表達情感和情緒。

小靈貓

siu2 ling4 maau1

體型
長約 48 至 58 厘米

體重
2 至 4 公斤之間

尾巴特別的
長有條紋斑紋

很空靈的眼神！

習性

獨居的夜行動物，日間會躲在巢穴中休息。生性隱蔽，行動機警，行動迅速，善於爬樹和游泳。膽小怕事，總是小心翼翼地行動。

主食

為雜食性動物，以動物為主、植物性食物為輔食。牠們會捕食老鼠、小鳥、蛇類等動物，也會食用野果、樹根、種子等植物。

在嘉道理農場和濕地公園皆有出現過的紀錄。
被過度補殺，故每年捕獵數量都超過種群生長數。

香港可能出沒的位置

主要在香港郊區出沒

樹洞 ✓
石洞 ✓

哺乳綱 食肉目 靈貓科
Small Indian civet
學名：Viverricula indica

俗稱七間狸、烏腳狸、箭貓。
種名中的「indica」意為「印度的」。

關於小靈貓的二三事

吸引異性秘笈

小靈貓外出活動時，總是會將香囊中的分泌物塗擦在樹幹、石壁等物件上，不但是為了標記自己領地，也是為了吸引異性靈貓的注意。

臭不可擋

當小靈貓遇到威脅時，會從肛門腺分泌出黃色而奇臭的分泌物，讓威脅者感到不適，從而達到自衛的效果。

動物的氣味魔法

人類無法像小靈貓一樣分泌出特殊氣味，因此創造了「香水」。

反之，有些動物可以產生特殊氣味，故人會從牠們的腺體或分泌物中提取成分，以用作為香水的原料。

位於麝鹿、河狸和海豚消化道中的龍涎香也是香水的傳統成分之一，而小靈貓的腺體也是人類香水的其中一種材料呢！

中國水龍

zung1 gwok3 seoi2 lung4

體型

體長約 20 厘米，尾長約 50 厘米

超級有氣勢的外表！

會棲息在老樹、大樹的樹幹、河邊的石縫中間等地方。
並不常見，可以試試到郊野公園找找其蹤影。

習性

能夠奔跑和游泳，並且能在沙土洞穴中穴居。在冬季，牠們會冬眠，室溫控制在 15°C以上。

主食

以昆蟲、螺、蝸牛、小魚、小蝦為食。喜歡食動物性的飼料，植物性飼料則偶爾進食。

香港可能出沒的位置

林木 ✓
有岩石的河流或沙地 ✓

爬行綱 蜥蜴目 鬃蜥科
Chinese water dragon
學名：Physignathus cocincinus

又叫長鬃蜥。

身體上的藝術品

中國水龍的體色會隨著環境改變而產生變化。一般而言，牠們的頭、軀幹、尾前部和四肢背面都是暗綠色，尾後部則為黃綠色，體腹面則呈現近土紅色的顏色。

產卵規律

中國水龍通常在黃昏 5 點至 7 點或中午產卵，過程一次約 10 至 30 分鐘。產卵完結後，會挖掘產卵窩並蓋上泥土，整個過程則有可能持續一個小時左右。

雌性的中國水龍會於產卵後守在卵窩旁默默守護。

粗暴的愛情攻略

中國水龍於發情期時，雄蜥會追逐雌蜥，展開其浪漫的求愛之旅。

雄蜥會趁著雌蜥專注進食時慢慢接近，雌蜥發現後會立即逃跑。然而，雄蜥會鍥而不捨地追上，並咬住雌蜥的一側以展開其浪漫的交配之舞。

中華白海豚

zung1 waa4 baak6 hoi2 tyun4

體型
長約 2 至 2.7 米

體重
200 至 250 公斤之間

眼睛周圍會聚集黑斑。
粉紅色的皮膚其實是血液的顏色！
每小時十二海里以上的游泳選手。

習性

喜歡在靠近沙灘的海域中聚集，通常在晨昏時份最活躍，會在潮漲時覓食。一般會以三到五隻為群或獨自活動。中華白海豚性情活潑，喜歡在風和日麗的天氣下在水面上跳躍嬉戲。

主食

食肉性動物，主要以河口鹹淡水交匯水域的魚類和頭足類為食。捕食的魚類種類繁多。

香港可能出沒的位置

溫暖的亞熱帶海區

可以在沙洲、龍鼓洲及北大嶼山等水域看到牠們優雅的泳姿。

哺乳綱 偶蹄目 海豚科
Indo-Pacific humpback dolphin
學名：Sousa chinensis

通稱為白海豚，台灣俗稱為媽祖魚。
國家一級保護動物，素有「水上大熊貓」之稱。

關於中華白海豚的二三事

大胃王
中華白海豚其實是大胃王，一隻中華白海豚胃中食物的重量可達7公斤以上呢！

定位系統
由於中華白海豚的視力較差，故其會使用回聲定位系統來找尋物體的位置和方向。

這個系統是由一個氣囊和一個特殊的器官所組成。

香港的吉祥物
中華白海豚是香港的海洋吉祥物之一

中華穿山甲

zung1 waa4 cyun1 saan1 gaap3

體型
長約 42 至 92 厘米

體重
2 至 7 公斤之間

舌頭十分長而且也很黏！

會用長而彎的爪挖掘洞穴。

穿山甲媽媽會背著幼兒到處走，超可愛！

雖然全身長有瓦狀鱗甲，但鱗片下其實是長有毛髮

習性

性格膽小，喜歡熱帶氣候，白天躲在洞穴中休息，等到晚間才覓食。由於牠們的視覺能力已經退化，主要靠敏銳的嗅覺感知周遭環境。

主食

主要食物為白蟻、蟻、蜜蜂或其他昆蟲。

香港可能出沒的位置

非常幸運才會遇見到的罕見生物

森林地區 ☑
草地 ☑
山區 ☑
洞穴 ☑

哺乳綱 鱗甲目 穿山甲科
Chinese Pangolin
學名：Manis pentadactyla

又稱鯪鯉、穿山甲或中國穿山甲，
是八種穿山甲之一。

關於中華穿山甲的二三事

甲球變身

中華穿山甲在受到威脅時，會捲成一個球狀，展示出堅固的鱗片盾牌，用前腿護住頭部，最後蜷縮成球狀，只露出鱗片。

挑吃的美食家

中華穿山甲是一種挑嘴的動物，每隻都有自己獨特的口味，只會挑食自己最愛的一兩種昆蟲，非常挑剔。

蟲子專家

穿山甲吃昆蟲的技巧簡單：挖開蟲的洞穴，用靈活的舌頭輕鬆地舔出蟲子。身上的堅硬甲片可以防止蟲子爬進去，小眼睛和厚眼瞼也有保護作用。

中華攀雀

zung1　waa4　paan1　zoek3

體型
長約 10 至 11 厘米

體重
7.5 至 11 克之間

眼邊的寬闊黑色斑紋看起來像小偷眼罩！
群體飛行時會緊緊黏在一起，看起來好像雲朵。

習性
在繁殖期間通常單獨或成對活動，但在其他季節常常成群活動。牠們性格活潑，行動敏捷，喜歡在樹叢間飛來飛去，在枝間跳躍，有時也會倒懸在枝端盪來盪去。

主食
主要以昆蟲為食。在冬季，牠們則轉食雜草種子、漿果和植物嫩芽。

香港可能出沒的位置

平原 ✓
半荒漠地區 ✓

常在市區公園和香港濕地公園等地出沒

鳥綱 雀形目 攀雀科
Chinese penduline tit
學名：Remiz consobrinus

俗名洋紅兒。
候鳥。

關於中華攀雀的二三事

中華攀雀的交響曲

牠們的鳴聲細小而單調，其中叫聲包括柔細而動人「嘶～」的哨音，以及一連串快速的「簫～」聲等，類似雀鳥的鳴聲。

建築大師

中華攀雀的鳥巢不同於大多數鳥類的鳥巢，而是一個淺灰色的毛絨「靴子」，不需要任何支撐點，凌空繫在樹梢頭。鳥巢主要用樹皮、楊絮和柳絮等當地材料，將銜著的絲線在樹枝上繞纏建造。

反嘴鷸

faan2　zeoi2　leot6

上翹的嘴巴很有辨識度！
黑白分明的毛色很特別。

體型
長約 42.9 至 44.4 厘米

體重
275 至 395 克

習性

以小型無脊椎動物為食，如小型甲殼類、水生昆蟲、昆蟲幼蟲、蠕蟲和軟體動物等。

主食

食肉性動物，主要以河口鹹淡水交匯水域的魚類和頭足類為食。捕食的魚類種類繁多。

香港可能
出沒的位置

平原 ✓
湖泊 ✓
水塘 ✓
沼澤地帶 ✓

冬季可能會在香港濕地公園看到牠們呢

鳥綱 雀形目 噪鶥科
Pied avocet
學名：：Recurvirostra avosetta

又稱反嘴鴴、反嘴長腳鷸。
候鳥。

關於反嘴鷸的二三事

勺子嘴

反嘴鷸的嘴巴特別長且上翹，像是一把反過來的勺子，常在泥巴表面來回掃動，甚至可以邊游泳邊覓食。

驅逐入侵者

當反嘴鷸在孵卵期間遭遇到入侵者時，牠們會飛到入侵者的頭頂上空，不斷鳴叫，直到入侵者離開。

孔雀花鱂

hung2 zeok3 faa1 zoeng1

體型

雄魚長約 1.5 至 3.5 厘米
雌魚長約 3 至 6 厘米

屬於熱帶魚之一。
雌雄魚鰭的色彩差異性大。
尾鰭顏色五彩繽紛，擁有很華麗的外表！

習性

適應力強，生長溫度在 22 至 24℃之間，喜
歡微鹼性水質。牠們的食性廣泛，性情溫和、
好動，適宜與其他熱帶魚混養。

主食

主食為藻類、蝦蟹、貝殼等食物。

香港可能出沒的位置

常見於淡水流域 ✓

條鰭魚綱 鱂形目 花鱂科
Guppy
學名：Poecilia reticulata

又名孔雀魚，也稱為鳳尾魚、彩虹花鱂、虹鱂、古比魚。

關於孔雀花鱂的二三事

強大適應力
孔雀魚的繁殖能力相當驚人，而且牠們也能夠適應污染嚴重的水域。

艷麗多彩
孔雀魚身上的色彩來自蝦青素，蝦青素無法被動物自身合成，必須透過食物獲得。

外美內佳
孔雀魚因其美麗的外表和可愛的性格而受人喜愛。牠們與其他非攻擊性的魚類相處得很好，不會發生爭鬥，並且不挑食，非常容易飼養。

水牛

seoi2 ngau4

體型

長約 250 至 300 厘米

體重

300 至 1200 公斤之間

體格粗壯，故十分適合耕作。

顏色多為灰黑色，背部會向後下方傾斜。

常常出沒於大嶼山、水口和貝澳！

習性

性情溫順易管理。較熱的時候會於覆蓋物、樹蔭下休息，或會浸在水中，只露出鼻孔和眼睛。

主食

反芻動物，主要以草作為主食，包括水生植物、葉子、農作物和在河流中的植物。

香港可能出沒的位置

較低海拔的濕地 ✓

哺乳綱 偶蹄目 牛科
Water Buffalo
學名：Bubalus bubalis

亦名為亞洲水牛，古名「牨」，大型的偶蹄動物，由於以前農業社會需要馴養的水牛作為耕牛，故在香港地區十分常見。

關於水牛的二三事

名字的由來

由於水牛汗腺亦不發達，皮厚而不利於散熱，所以會對炎熱的天氣特別敏感。為了降低體溫，牠們會在泥中打滾或在水中浸泡來散熱，亦因此而得名為水牛。

有你有我

在大嶼山，常常可以看到成群的水牛在沼澤中漫步，而跟隨在牠們身旁的牛背鷺也是常客。牛背鷺會進食水牛擾動時掘出的泥土昆蟲。

小記

幾年前一次前往大澳寫生的大學課堂，除了讓我愛上了寫生之外，該次也是第一次親眼看到水牛！超巨型的！

水雉

seoi2 zi6

有可能在米埔自然保護區和香港濕地公園等地遇到呢。

尾巴特別長、外型獨特的水鳥!

常常在浮水植物上行走。

體型
長約 31 至 58 厘米

體重
190 至 250 克之間

習性

水雉是活潑好動的鳥類,喜歡游泳和潛水。通常獨自或成小群活動,有時也會組成大群。步履輕盈,能在水面上奔走停息。水雉的鳴叫聲像貓咪的「喵喵」聲。

主食

主要以小型無脊椎動物如昆蟲、蝦、軟體動物、甲殼類等為食,同時也會攝取水生植物。

香港可能出沒的位置

有大量挺水植物和漂浮植物的淡水湖泊 ✓
池塘 ✓
沼澤地帶 ✓

鳥綱 鴴形目 水雉科
Pheasant-tailed jacana
學名：Hydrophasianus chirurgus

又名雉尾水雉，俗稱菱角鳥。在台南市官田一帶是水雉最大與最主要的棲息地，故被選為該市市鳥。多為留鳥。

關於水雉的二三事

淡水湖仙子
水雉細長的腳爪使牠們能夠輕盈地行走在睡蓮、荷花、菱角和芡實等浮葉植物上。水雉的體態優美，羽色也非常艷麗，因此常被人們譽為「凌波仙子」。

水雉換羽
水雉在繁殖季節時會換上黑白相間的繁殖羽。牠們會一次性脫落所有飛羽，必須等待新羽長出後才能恢復飛行能力。

繁殖季節的女王
水雉在繁殖季節時會展開打鬥，以佔領交配領地。勝利者將成為領地的主人，並吸引雄鳥前來求偶。管理巢穴、孵卵和養育幼鳥的責任由雄鳥承擔，而「女王」則負責保衛領地和產卵。

平胸龜

ping4　hung1　gwai1

體型　　　**體重**
長約 8 至 17.4 厘米　　250 至 300 克之間

鬥士龜龜！

因頭部大而無法縮入甲內。

和龜類的消極防禦印象不同，性情兇猛，而且會主動進攻！

喙部十分有力，可以用於保護自己。

習性

通常在夜間活動，能攀爬石壁和樹木，而白天多潛伏在水池中。冬眠期為每年 11 月左右至翌年水溫上升到 15℃ 左右。居住在有水流的石洞中。

主食

主要食蝸牛、蚯蚓、小魚、螺類、蝦類、蛙類等。

香港可能出沒的位置

山區溪流 ✓
沼澤 ✓
水潭 ✓
河邊 ✓

爬蟲綱 龜鱉目 平胸龜科
Big-headed turtle
學名：Platysternon megacephalum

又名大頭龜，別名鷹嘴龜、三不
像、鸚鵡龜等。

關於平胸龜的二三事

水中食家
平胸龜喜歡在水中享用美食，利用強壯
的上下頜和有力的前爪，將食物撕成小
塊，然後靠著前爪的幫助將食物吞嚥。

意想不到的速度
別以為所有龜的爬行速度都慢，
平胸龜的腿和爪都很長，可以快
速爬行，每分鐘可達 7 到 8 米的
速度。而且牠們的游泳能力也很
強，當牠們在水面游泳時，尾巴
會翹起，四肢划動，游動自如。

龜中最惡
平胸龜是中國淡水龜中最兇猛的品種之
一。當受到威脅時，平胸龜會瞪大雙眼，
嘶嘶作響，張開嘴巴準備咬人，被捕獲
後會用爪、嘴巴和尾巴來拚命反抗。

汀角攀樹蟹

ting1 gok3 paan1 syu6 haai5

體型

長約 0.8 至 0.9 厘米

習性

汀角攀樹蟹是樹棲物種，喜歡攀樹，會生活在秋茄樹上，亦會棲於水下。會以螯肢快速地撈取食物並放入口中，只要感到干擾，便會立即攀到樹上躲藏。

主食

主要吃微生物

香港可能出沒的位置

紅樹林的樹枝和冠層 ☑

於 2017 年被發現，有研究指出吐露港一帶曾有其出沒的紀錄。

十分迷你，甲殼比人類的拇指指甲細小。

可以在空氣中呼吸！

軟甲綱 十足目 相手蟹科　　　　　　2016 年於大埔汀角紅樹林被發現
Haberma tingkok
學名：Haberma tingkok

關於汀角攀樹蟹的二三事

愛情鈎

雄性汀角攀樹蟹的第二和第三對步行足上長了個獨特的鈎狀結構，用以繁殖時抓住雌性蟹。

樹上螃蟹

汀角攀樹蟹是極少數能夠攀樹的螃蟹物種之一，屬於亞熱帶氣候生活的樹棲蟹種。牠們的攀樹行為進化途徑暫時未知，研究人員猜測可能是為了避開敵人及覓食。

白腹秧雞
baak6 fuk1 joeng1 gai1

 體型　　　　體重
長約 28 至 35 厘米　175 至 260 克之間

外型很可愛！

習性

通常單獨或成對活動，有時也會形成小群體。主要在清晨、黃昏和夜間活動，白天躲藏在蘆葦叢或草叢中。行動輕快靈活，會游泳，但不擅長飛行。行走時頭頸前後伸縮，尾巴上下擺動。

主食

雜食性，食物包括昆蟲、軟體動物、蜘蛛、小魚、草籽和水生植物的嫩莖和根等等。

香港可能出沒的位置

沼澤 ☑
池塘 ☑
溝渠 ☑
河岸 ☑

別稱白胸苦惡鳥，但樣子一點不苦也不惡。

很常見，有可能在市區公園找到。

鳥綱 鶴形目 秧雞科
White-breasted waterhen
學名：Amaurornis phoenicurus

又名白胸苦惡鳥、補鑊鳥。
部分為留鳥，部分為夏候鳥。

關於白腹秧雞的二三事

白腹秧雞的短暫飛行

當迫不得已時，白腹秧雞能夠飛行約數十米的距離回到草叢中，其飛行時動作非常笨拙。

單調的音樂會

白腹秧雞在發情期和繁殖期時，常常通宵鳴叫，鳴聲如同普通話的「苦惡、苦惡」，聲音清晰而響亮。

性格大反轉

白腹秧雞平時非常低調害羞，一旦有風吹草動，就會立刻跑回草叢中躲起來。

相反在繁殖季節裡，白腹秧雞會變得熱情洋溢，在稻田和草叢中發出愛戀的歌聲。

江豚

gong1　tyun4

體型
長約 1.2 至 1.8 米

體重
30 至 45 公斤之間

背部沒有鰭，但有數行顆粒狀的突起物。
皮膚的顏色隨年齡增長逐漸變深。

淡水海豚

有機會在南大嶼山西面及南丫島一帶水域找到

習性

喜歡單獨或成對活動，群數通常少於四條。會發出兩種聲音信號，一種是高頻脈衝，用於探測環境和捕食，另一種是低頻連續信號，有些像鳥鳴。對水溫的適應範圍很廣，能夠在 4 至 20℃ 的水溫中正常生活

主食

主要食物包括青鱗魚、鰻魚、鱸魚等各種魚類，最喜歡吃魷魚。

香港可能出沒的位置

通常在香港的南面及東面水域出沒

哺乳綱 偶蹄目 海豚科
Yangtze Finless Porpoise
學名：Neophocaena asiaeorientalis

又稱長江江豚、江豬、黑鼠海豚、黑露脊鼠海豚等，是產自長江中下游水系的小型淡水鯨。2021 年，江豚由國家二級保護野生動物升為國家一級。

關於江豚的二三事

江豚的個性
江豚性情活潑，牠們經常在水中上游下竄，身體翻滾、跳躍、點頭、噴水、突然轉向，非常具有表演性。

吐水技能
當江豚露出水面時，會表現出有趣的吐水動作。有時牠會把水噴到 60 至 70 厘米遠的地方。

拜風
即將迎來大風天氣時，因為氣壓下降，江豚需要增加呼吸頻率，以獲得足夠的氧氣。牠會露出頭部在水面，並將頭部朝向風向，進行一種有趣的「頂風出水」行為。

灰麝鼩

fui1 se6 keoi4

體型
長約 6.5 至 8 厘米

體重
6 至 12 克之間

眼睛因退化而變得細小，主要依靠觸覺和嗅覺。

很容易被當成老鼠，但其實兩者是沒有任何關係的。

習性

夜行性動物，不需要冬眠，非常善於游泳。夏季時，會在田地坑穴中的稻草或麥稈簡單築巢。到了秋冬，牠們會用各種植物堆成理想的棲息地。

主食

主要以蚯蚓、蠕蟲及其他昆蟲為食，亦會食農作物的種子，如苜蓿、麥、稻等。

香港可能出沒的位置

分佈廣泛，常在郊區出沒。

林地 ✓

哺乳綱 真盲缺目 鼩鼱科
Asian gray shrew
學名：Crocidura attenuata

又名灰鼩鼱。

關於灰麝鼩的二三事

水中列車

牠們有一種有趣的動物行為！就是灰麝鼩家族的「拖駁式」游泳。

年幼灰麝鼩會跟隨並咬住媽媽的尾巴形成一列，一起游過長達 3 米以上的溝渠。

害蟲殺手

灰麝鼩是優秀的害蟲殺手！牠們喜歡吃蚯蚓、蠕蟲和其他對農作物有害的昆蟲。

救命啊！

送給你的禮物。

這次是什麼菌？

雙重身分

灰麝鼩也是疾病傳播者。牠們會偷食農作物的種子，同時也會攜帶鼠疫菌和鈎端螺旋體病原體。在中國，灰麝鼩被認為是鼠疫的傳播媒介之一。

角眼沙蟹

gok3 ngaan5 saa1 haai5

眼柄很長，即使在洞中也能窺視外面的景象。

喜歡在沙灘較深的地方挖掘螺旋形的穴居。

螯的內側緣有鋸齒，末端有小葉。

體型

寬約 3.6 至 3.9 厘米

習性

棲息在沙灘上，通常在高潮線附近挖螺旋形的洞穴，並在洞口築沙塔作為標誌。群集性穴居動物，喜歡觀察外面的情況。

主食

食肉性的螃蟹，除了吃掉沙子中的有機質，和退潮時捕食小魚、小蟹和死亡的動物屍體也會狩獵其他種類的螃蟹。

香港可能出沒的位置

→ 有海水的生活環境 ✓

沒有固定出沒的位置

軟甲綱 十足目 沙蟹科
Horn-eyed ghost crab
學名：Ocypoda ceratophthalma

俗稱幽靈蟹、鬼蟹、屎蟹、沙馬仔。

關於角眼沙蟹的二三事

沙灘上的藝術家
當退潮的時候，遍地散落的小小沙球就是角眼沙蟹留下的痕跡！

迅速隱身技巧
當牠們受到威脅時，不會緊張地逃跑或攻擊，而是迅速挖沙，將身體掩埋在沙中，好像消失了一樣。

赤紅山椒鳥

cek3 hung4 saan1 ziu1 niu5

辨識方法：男仔紅色，女仔黃色！

體型
長約 17 至 23 厘米

體重
22 至 37 克之間

分佈廣泛，會在近山邊的市區出沒。

春夏繁殖期時雄鳥常常會在枝頭上鳴唱吸引異性。

習性

喜歡成群活動，除了繁殖期成對活動外。冬季時，常有數十隻的大群聚集。喜歡在樹冠層活動，很少停息，會在樹枝上或空中覓食。

主食

主要以昆蟲為主，包括甲蟲、蝗蟲、蟬等昆蟲為食，偶爾也會吃植物種子。

香港可能出沒的位置

低山丘陵 ✓
山腳平原等 ✓
海拔 2000 米以下的地區

會在大埔滘、石崗引水道出現

鳥綱 雀形目 山椒鳥科
Scarlet minivet
學名：Pericrocotus speciosus

俗名紅十字鳥、硃紅山椒鳥。
留鳥。

關於赤紅山椒鳥的二三事

領頭鳥

赤紅山椒鳥從一棵樹轉移到另一棵樹時，通常由一
隻鳥領頭，其他的鳥會隨之飛走，並且邊飛邊發出
單調尖細的叫聲。

赤 麻 鴨

cek3 maa4 aap3

體型　　　　　**體重**

長約 51 至 67 厘米　　969 至 1689 克之間

習性

主要在黃昏和清晨覓食，常在河流兩岸覓食。以家族群或更大的群體遷飛。在繁殖季節時成對，非繁殖季節則以小群生活。

主食

主要食物為水生植物和農作物的幼苗和穀物，也吃昆蟲、蝦、水蛙、蚯蚓和小魚等動物性食物。

香港可能出沒的位置

較為罕見，沒有固定出沒位置。

湖泊 ✓
荒地 ✓
沼澤 ✓
農田 ✓
平原疏林 ✓

會在離水域較遠的樹洞、或其他鳥類的舊巢或洞穴中築巢。

橘色羽毛的大型鴨子。雄鳥身上會有黑色頸環！

鳥綱 雁形目 鴨科
Ruddy shelduck
學名：Tadorna ferruginea

又名瀆鳧、黃麻鴨或黃鳧，古稱鴛鴦。候鳥，遷徙性鳥類。

關於赤麻鴨的二三事

雛鳥期生活

赤麻鴨的雛鳥孵化出來後，通常由親鳥從巢區揹負到水域，並在游泳時爬到親鳥背上玩耍。在經過約 50 天的雛鳥期生活後，雛鳥就會具備飛翔的能力。

原來的鴛鴦

中赤麻鴨因其白色的頭部被用來形容愛情故事中的「百年偕老」。鸂鷘因其羽毛多呈紫色被古人視為鴛鴦的同類，並在清代被畫師余省描繪為「鴛鴦」。

赤麻鴨的警鐘

感到危險時，會先由一兩隻鴨子伸長頸部並鳴叫發出警戒信號，接著整群鴨子急速起飛避險。

赤腹松鼠

cek3　fuk1　cung4　syu2

蓬鬆的尾巴好可愛！

體型

長約 17 至 21 厘米

上下顎的門牙會不停生長。

有可能在大欖、城門、大埔滘和港島區等看到其足跡。

習性

跑步速度驚人，嗅覺靈敏。日間活動，會於寧靜且隱蔽的地方休息。

主食

主要是草食性，視乎當季植物，包括嫩葉、花、果實、種子，偶而也會吃小昆蟲。

香港可能 出沒的位置

常在市區和林地出沒

果園 ☑
竹林 ☑
次生林 ☑
闊葉林 ☑
針葉林 ☑

哺乳綱 齧齒目 松鼠科
Red-bellied Squirrel
學名：Cal+osciurus erythraeus

香港唯一的松鼠品種，隨處可見，
受《野生動物保護條例》保護，
因尾毛膨大，被俗稱「膨鼠」。

關於赤腹松鼠的二三事

出現的契機

基因測試顯示，赤腹松鼠並非本港原生物種，而
是起源於泰國和中國東部，第一個族群很大機會
是來自上世紀六十年代，有商人由東南亞引入後
被遺棄或逃走的寵物，適應本港野外環境後於本
土建立族群，成為本港的野生動物。

全都是我的！

由於其他松鼠或鳥類會把牠
們埋下的儲糧偷走，故赤腹
松鼠會為了提防糧食小偷，
會假裝挖洞埋下果實，實質
上並沒有將糧食放進去！

虎視眈眈

裝作挖土

嘻

嘻

移形換影

無論在枝椏間還是地面，赤腹松鼠的逃跑路線皆
是呈 Z 字形，使捕食者難以捕捉。

赤麂

cek3 gei2

體型
長約一米多

體重
25 至 30 公斤之間

習性

獨居或雌雄同棲，獨行為主；膽小謹慎，多在夜間或清晨、黃昏覓食，白天隱藏在灌叢中休息。

主食

植物嫩枝、葉、花、果實、農作物。

香港可能出沒的位置

山地 ✓
低海拔且多斜坡的山區 ✓
丘陵 ✓
森林 ✓
草原 ✓

為麂類中體形最大一種

喜歡以密集和有刺的灌木作掩護。

出沒於郊野地區，如大帽山、馬鞍山

偶蹄目 鹿科 麂屬
Red Muntjac、Indian Muntjac
學名：Muntiacus muntjak

本港唯一的原生鹿科動物。
花名又叫赤麂、印度麂、吠鹿。

關於赤麂的二三事

專業的小偷！
牠們會到農田偷食農作物如大豆、花生等，
嗜鹼性植物。

鬼鬼

祟祟

汪

汪

別名的由來
赤麂受驚時會發出類似狗吠的叫聲，因此牠們又稱為吠鹿，而英文名稱則是「Barking Deer」（會吠的鹿）。

膽小的程度
傳說當牠們在小溪飲水時，也會被自己的倒影嚇倒。

咕嚕

咕嚕

咦？

嗚哇

嗚哇

弧邊招潮蟹

wu4 bin1 ziu1 ciu4 haai5

體型

長約 2 至 5 厘米

鮮紅色的身體很顯眼！
雄蟹有一隻形似盾牌大螯。

可能在香港濕地公園和米埔濕地等
地會找到牠們呢。

習性

弧邊招潮蟹是社會性生物，依靠視覺和聽覺交流。牠們有一個特殊器官可以過濾食物，
把不能利用的殘渣製成「擬糞」。

主食

主要食物來自於海底微小的藻
類，也會捕食泥沙表面上的有
機物碎屑和生物屍體等殘餘
物。

香港可能出沒的位置

海水潮間帶上部 ☑
穴居於港灣中的沼澤泥灘

軟甲綱 十足目 沙蟹科
Uca arcuata
學名：Uca arcuata

亦稱網紋招潮蟹、弧邊管招潮。
學名「arcuata」正是源自拉丁語
中「弓形的」之意。

關於弧邊招潮蟹的二三事

驚人的再生能力

弧邊招潮蟹能夠重新生長螯足，即使在戰鬥或其他情況下脫落，也不會轉換慣用螯足。幼蟹時期開始，螯足就具有小齒，但再生後的螯足會失去這些小齒，轉換為無齒形態。

招潮蟹的求偶術

雄性弧邊招潮蟹垂直揮舞大螯，能提高吸引雌蟹進入穴居成功率，進行交配的機會。

弧邊招潮蟹的甜甜圈

弧邊招潮蟹的洞穴有個看起來像甜甜圈的「煙囪」，由泥土組成，完全包圍洞穴口。在交配季節，雄蟹會離開洞穴尋找伴侶，「煙囪」用以防止其他螃蟹入侵，和保護雌蟹在產卵時不受干擾。

果子狸

gwo2 zi2 lei4

體型
長約 51 至 63 厘米

體重
3.6 至 6 公斤之間

有可能在大嶼山及新界西北以外的
香港各郊區遇上這種可愛生物喔。

尾巴十分粗壯有力！
眼斑和鼻墊中間白色花紋很有特色。

習性
獨居的夜行性動物，生性膽小。白天會於樹
洞中睡覺，也會居住於地洞。常出沒於林木之間，
其靈巧的四肢和長尾巴使其在枝椏間攀跳自如。

主食
雜食性但以生果為主，喜歡多汁的果類，另外也會捕食鼠類、昆蟲、蛇類及鳥類。

香港可能出沒的位置

中低海拔的雨林 ✓
闊葉林 ✓
裸岩 ✓

哺乳綱 食肉目 靈貓科
Masked Palm Civet
學名：Paguma larvata

又名白鼻心、花面狸、果子貓。
亞洲區常見的靈貓科，受到《野生
動物保護條例》保護。

關於果子狸的二三事

尾巴的隱藏功能

牠的尾巴非常有彈性！如果果子狸
跳躍時失足掉下，牠會把尾巴變成
彈簧形狀，借其彈力跳回安全的地
方。

別接近我！

果子狸遭遇敵人時會釋
出啡色液體和強烈異
味，以嚇跑敵人，警告
敵方時會發出低沉的嗡
嗡，像打噴嚏的聲音。

那夜誰將酒喝掉

傳說，狸會偷喝老百姓家裡
的酒，然後因酩酊大醉而平
躺在庭院裡呼呼大睡，酣然
入夢。

板齒鼠

baan2 ci2 syu2

體型
長約 25 至 30 厘米

體重
600 至 700 克之間

有六對乳頭。
體型粗大但耳朵很小的鼠鼠。
在市區並不常見,主要在農郊地帶出沒。

習性

晝伏夜出,在黃昏時活動。牠們會暫時遷移以適應環境的改變,活動範圍廣泛,游泳能力強。喜歡挖洞穴。

主食

以植物為食,偏好甘蔗、甘薯和營養價值高的種子。飲食習慣受當地農作物和季節的影響。

香港可能出沒的位置

潮濕的環境 ☑
如灌溉渠邊、竹林、水塘邊 ☑

哺乳綱 齧齒目 鼠科
Greater bandicoot rat
學名：Bandicota indica

關於板齒鼠的二三事

小心行事

當牠們要出洞時，通常會在洞口稍作停留，憑聲音觀察外面的情況，一旦發現危險就會立刻返回洞內，用後腳迅速推土堵住洞口。

驚人食量

板齒鼠的食量不少。在飼養環境下，體重平均達到 445 克的成鼠，每天要吃 114 克的食物呢！

兇殘的一面

但當食物供應不足時，牠們也會變得兇殘，互相殘殺，甚至咬食鼠屍。

金眶鴴

gam1 hong1 hang4

名字中「金眶」是指眼圈的鮮黃色！

不會把鳥巢建於樹上的鳥。
在香港濕地公園很常出沒。

體型
長約 15 至 19 厘米

體重
30 至 38 克之間

習性

金眶鴴通常單獨或成對活動，偶爾也會組成小群。經常出現在水邊或沙石地帶，通常會快速奔跑一段距離，稍作停留，然後繼續前進。

主食

主要吃昆蟲、昆蟲幼蟲，如蠕蟲、蜘蛛、甲殼類、軟體動物等水生無脊椎動物。

香港可能
出沒的位置

海灣濕地 ✓
遼闊田野 ✓

鳥綱 鴴形目 鴴科
Little ringed plover
學名：Charadrius dubius

候鳥。

演技派

金眶鴴面對敵人時，為了保護自己的寶寶或隱藏巢穴位置，會飛起來阻止對方，有時候會詐傷，做出斷翅折腿等慘狀，以此來引開敵人的注意力。

地上建巢

金眶鴴喜歡在沒有障礙物的地方建造巢穴，牠們會挖掘一個小小的下陷處，再收集一些材料增加巢穴的保護性。從遠處看，牠們就像是坐在地上一樣。

震動戰術

金眶鴴會利用震動腿部的方式在泥面或水面上製造響動，藉此驚嚇藏身其中的小昆蟲，待小昆蟲逃走時趁機捕捉。

阿穆爾隼

aa3 muk6 ji5 zeon2

體型
長約 26 至 30 厘米

體重
124 至 190 克之間

習性

常在白天獨自活動。飛翔時會迅速煽動雙翅，有時會優雅地滑翔一下，有時也會透過快速拍翼，在空中暫時停留。

主食

主要食用蝗蟲、蚱蜢、蟋蟀等昆蟲，偶爾也會捕食小型鳥類、蜥蜴、青蛙、老鼠等小型脊椎動物，在海上遷移時會以蜻蜓為食。

香港可能出沒的位置

遼闊的低山林地 ✓
河谷 ✓
丘陵地帶 ✓

是世上飛行距離最遠的猛禽
越洋時可數天不休息地持續

很帥氣的外表。
臉兩側有黑色橫紋。

鳥綱 隼形目 隼科
Amur falcon
學名：Falco amurensis

又名青燕子、紅腳隼、青鷹等。
國家二級重點保護動物。候鳥。

關於阿穆爾隼的二三事

翱翔萬里
阿穆爾隼是遷徙旅程最遠的猛禽，
單程為 13,000 至 16,000 公里。

農夫的好幫手
阿穆爾隼的食物超過 90％都是害
蟲，故在消滅害蟲方面作出了卓越
的貢獻。

掠巢高手
阿穆爾隼經常趁虛而入掠取喜鵲的
巢，早在中國古代《詩經》就有「維
鵲有巢，維鳩居之」的詩句，其中
的「鳩」就是指阿穆爾隼。

青彈塗魚

cing1 daan6 tou4 jyu4

常被水鳥捕食。

肚子帶點青色。

眼睛細小且位置很高，雙眼靠得很近。

分佈地點少而分散，是最難遇上的香港產彈塗魚

體型

長約 6 至 10 厘米

習性

牠們的胸鰭可驅動身體，並能夠透過皮膚呼吸，讓牠們在陸地上長時間生存。

主食

屬於雜食性，主要以藻類為食，亦攝食小型無脊椎動物。

香港可能出沒的位置

海水及半鹹水河口附近灘塗上

條鰭魚綱 鰕虎目 背眼鰕虎魚科
Scartelaos histophorus
學名：Scartelaos histophorus

俗名長腰海狗。

關於青彈塗魚的二三事

水陸兩棲
彈塗魚可是跳躍高手！牠們跳躍時尾巴總是貼著地面，完全不像一般人所說的「花跳」，大彈塗魚跳起來像波浪。

泥中躲身
牠們會挖掘泥穴藏身。以躲避天敵，還能避免過度曝曬在陽光下而變得乾癟。

快看看我的表演！
在交配季節中，雄魚會在洞穴周圍將身體顏色改變、垂直跳躍和豎立背鰭來吸引雌魚的注意。

紅耳龜

hung4　ji5　gwai1

體型

長約 15 至 20 厘米之間

可能在香港的公園池塘和水庫找到！

被引入到世界各地作為寵物。

喜歡在水面上的岩石和漂流的木材上日光浴。

習性

淡水龜，活潑好動，比其他淡水龜更為活躍。牠們靈敏地反應水聲和振動，受驚時會快速潛入水中。紅耳龜喜歡曬太陽，但不能長時間曬太陽，需要有遮蔭設施。牠們沒有攝食時間的限制，可以晝夜進食。

主食

雜食性動物，野生時以肉食為主。在人工飼養下，牠們喜歡以動物為食，如魚、豬肉、蚌、螺、血蟲、紅絲蟲、黃粉蟲、蠅蛆等。

香港可能出沒的位置

河川 ✓
湖泊 ✓
濕地 ✓

爬行綱 龜鱉目 澤龜科
Red-eared slider
學名：Trachemys scripta elegans

也被稱為紅耳彩龜、北美洲紅耳龜或紅耳泥龜。雖然有別名叫做巴西龜，但其實故鄉是北美的密西西比河及格蘭德河流域。

關於紅耳龜的二三事

同類相食
紅耳龜的食慾也相當旺盛。當牠們感到飢餓時，有時會出現搶食和大吃小的情況。

野生與人工飼養的差異
你或許以為飼養紅耳龜可以讓牠們更長壽，但實際上卻是相反！被人工飼養的壽命通常較短。

生態殺手
巴西紅耳龜適應能力強，容易繁殖且抗病害，因此在全球範圍內都可以存活。世界環境保護組織將其列為一百多個最具破壞性的物種之一。

紅耳鵯

hung4 ji5 bei1

體型
長約 20 至 22 厘米

體重
23 至 42 克之間

天生自帶腮紅！

習性

喜歡在樹林和灌木叢之間活動和覓食。通常成對或成小群活動，與其他鳥類混群覓食，有時亦會在地上拾取掉落的果實作為食物。

主食

雜食性動物，主要以果實和昆蟲為食，會啄食樹木和灌木的種子，亦會進食昆蟲和昆蟲幼蟲等。

在香港的市區十分常見呢。

看到黑色冠羽就能認出是牠。

香港可能出沒的位置

郊外的林區 ✓
市區的公園 ✓
村落 ✓
灌叢及有樹木生長的地方 ✓

鳥綱 雀形目 鵯科
Red-whiskeredBulbul
學名：Pycnonotusjocosus

又名紅頰鵯，俗名高髻冠、高雞冠、高冠鳥、黑頭公等，是留鳥，被引入到世界各地作為觀賞鳥。

關於紅耳鵯的二三事

令人感到幸福的存在
在某些農村裡，年長一輩相信紅耳鵯是報喜的象徵，認為看到紅耳鵯，家裡就會有好事發生。

萬人迷
紅耳鵯可愛的外表和悅耳的叫聲，總是能夠輕易地征服人們的心，牠們總是能夠迅速成為人們的寵物和好朋友，天生就有迷倒眾生的魅力。

我全都要！
紅耳鵯吃什麼都不挑，又愛吃昆蟲，又愛吃植物果實，什麼都來者不拒！

紅尾伯勞

hung4　mei5　baak3　lou4

體型
長約 17 至 21 厘米

體重
23 至 44 克之間

臉部有黑色眼罩和白色眉線。
喜歡棲息在高海拔的矮樹叢。

領域性很強，會鳴叫以宣示主權，
更有可能打鬥直至到其中一方掉落地面！

習性
常在樹枝上跳躍或高飛翱翔。也會在固定的棲息點等待地上的小動物和昆蟲，在繁殖季節站在樹頂上高唱。

主食
主要以昆蟲等動物性食物為食，偶爾吃少量植物。

香港可能出沒的位置 ～↗

森林邊緣地 ✓
有棲枝的草地 ✓

鳥綱 雀形目 伯勞科
Brown shrike
學名：Lanius cristatus

俗名褐伯勞。大部分為留鳥，香港的紅尾伯勞多為過境遷徙鳥，通常會在春季或秋季在本港短暫逗留。

關於紅尾伯勞的二三事

紅尾伯勞的巢穴術
紅尾伯勞非常懂得利用自然資源，牠們會在樹枝上找到一段被剝光的樹皮，然後巧妙地利用樹皮纖維建造自己的巢穴。

初出茅廬的幼鳥
小鳥出巢後仍需要親鳥照顧和餵養。親鳥不會進巢內餵食，而是在巢口附近叫喚幼鳥，引牠們到巢外取食，食畢後會回巢休息。

掛著戰利品
紅尾伯勞會把吃不完的部分掛在樹上，不再理會。

紅喉歌鴝

hung4 hau4 go1 keoi4

體型
長約 12 至 18 厘米

體重
15 至 27 克之間

紅色的喉部十分特別

學名和希臘神話中的音樂之神有關。

想看到牠們，可以到新界的荒郊林地碰碰運氣。

香港可能出沒的位置

低山丘陵 ✓
山腳平原 ✓
平原地帶 ✓

習性

地面為其主要活動區域，通常在平原上的草叢、樹叢、蘆葦叢和附近的地面覓食。

主食

紅喉歌鴝是一種食蟲鳥，主要食物為昆蟲，也喜歡吃果實。

鳥綱 雀形目 鶲科
Siberian rubythroat
學名：Calliope calliope

俗名紅脖、紅點頦。雄性也會被稱
為紅脖雀，雌性為白點頦。候鳥。

關於紅喉歌鴝的二三事

昆蟲模仿大師
紅喉歌鴝雄鳥通常在晨昏至夜晚時份發出鳴
聲，能夠仿效昆蟲、蟋蟀、油葫蘆、金鈴子
和金鐘子等聲音。

跑步舞者
紅喉歌鴝在地上奔跑時，偶爾會稍稍停頓，
然後展開尾羽，彷彿在炫耀自己的美麗。

紅嘴相思鳥

hung4 zeoi2 soeng1 si1 niu5

體型
長約 12 至 16 厘米

體重
14 至 29 克之間

特徵
紅嘴相思鳥的額、頭頂、枕和上背部呈現橄欖綠色，並帶有些許黃色。尾巴是黑色。眼睛和眼周是淡黃色，有赤紅色的嘴。

相思鳥品種的外型都十分可愛。聲音也十分動聽的觀賞鳥。跟名字一樣有赤紅色的嘴！

習性
紅嘴相思鳥在繁殖期通常成對或獨自活動，但在其他時候，牠們會形成小群，通常有三至五隻，會與其他小鳥混群活動。非常大膽，性格活潑。善於鳴叫，尤其在繁殖期間。

主食
主要以毛蟲、甲蟲、螞蟻為食，也會吃植物，包括水果、種子等等。

香港可能出沒的位置

高山森林 ☑
山地常綠闊葉林 ☑
竹林和林緣疏林灌叢 ☑

鳥綱 雀形目 噪鶥科
Red-billed leiothrix
學名：Leiothrix lutea

又稱相思鳥、紅嘴玉、五彩相思鳥、紅嘴鳥等。留鳥。

關於紅嘴相思鳥的二三事

樹上的小忍者
紅嘴相思鳥不怕人，經常在樹上或林下的灌木叢中自由穿梭、跳躍、飛來飛去。有時也會到地面上活動和覓食，展現出靈活的一面。

灌木上的鳴唱秀
紅嘴相思鳥非常愛歌唱，常常站在灌木的頂枝上，高聲地鳴唱著。還會不斷地抖動翅膀，鳴唱時雄鳥會振動雙翅，聳豎體羽，發出多變悅耳的聲音。

紅嘴鷗

hung4 zeoi2 au1

體型 **體重**

長約 35 至 43 厘米　205 至 375 克之間

是香港最常見的海鷗

香港可能出沒的位置

平原、低山丘陵地帶的湖泊 ✓
河流 ✓
漁塘 ✓
海濱 ✓
沿海沼澤地帶 ✓

有機會出現在香港的東面水域。

雖然和鴿子的體型和毛色都相似，但我不是鴿子

習性

香港地區的常見海鷗，體型很細小，常常成群活動，可以浮於海面，或者立在漂浮的木頭等物體上。牠們也會和其他海洋鳥類混群，在魚群上繞圈飛行。

主食

紅嘴鷗喜歡吃小魚、蝦、水生昆蟲、甲殼類和軟體動物等水中無脊椎動物。

鳥綱 鴴形目 鷗科
Black-headed gull
學名：Chroicocephalus ridibundus
　　　/ Larus ridibundus

俗稱水鴿子。候鳥。

關於紅嘴鷗的二三事

FISH

城鎮裡的紅嘴鷗
在某些城鎮中，紅嘴鷗相對溫馴，人們甚至
會給牠們投食。

繁殖期的紅嘴鷗

紅頰獴

hung4 gaap3 mung4

體型
長約 30 至 36 厘米

體重
650 至 750 克之間

習性
晝行性動物，獨行性。活潑而兇猛，會以拱背、豎毛、發出嘰嘰聲和噴鼻等方法自衛或威嚇敵人。捕獵方式近似貓類，以突襲進攻敵人或獵殺。

主食
隨機捕食者，所有可捕捉到的小動物皆為其食糧。
主要捕食蛙、蛇、蜥蜴和鼠類。

香港可能出沒的位置
濕地 ☑
森林 ☑
草原 ☑

眼圈、頰部及腮部的棕紅色毛髮是其得名原因
廣泛分佈於新界郊區。
尾巴長度約佔體長的五分之四。

毛茸茸的好奇小寶寶

哺乳綱 食肉目 獴科
Indian Mongoose,Java Mongoose
學名：Herpestes javanicus

花名又叫斑點獴、紅臉獴、印度獴
或爪哇獴，被列為一百種最具危害
性的入侵物種之一。

關於紅頰獴的二三事

毒蛇殺手
紅頰獴喜愛吃蛇類亦不懼怕毒蛇，不會魯莽攻
擊，而是挑釁毒蛇攻擊自己，使其折騰至筋疲
力竭後才撲過去，將毒蛇擊敗。

好奇的小朋友
當紅頰獴遇上人類時，大部分皆會駐足觀察，
而不是即時逃走。

可憐的斑翅秧雞
在 19 世紀的美洲，人們引入了善於捕食鼠類的
紅頰獴及印度獴以解決鼠患。結果適應力特強
的紅頰獴大量補食了不懂飛行的斐濟群島獨有
物種——斑翅秧雞，使其絕種……

食蟹獴

sik6　haai5　mung4

體型
長約 40 至 80 厘米

體重
1 至 3 公斤之間

毛茸茸的小朋友

面部兩側各有一條延伸至頸部的長白條紋。
在香港已經非常少見的哺乳類動物。

香港可能出沒的位置

低海拔至中海拔山區森林的溪流附近 ✓

習性

高峰活動時間為清晨或傍晚時段，覓食時會移至溪流附近，善於游泳與潛水。

主食

偏肉食的雜食性動物，除了特別喜歡的螃蟹外，亦會捕食魚類、鳥類、鼠類、蛙類等。

哺乳綱 食肉目 獴科
Crab-eating mongoose
學名：Herpestes urva

因喜食螃蟹而得名，又名棕簑貓。

關於食蟹獴的二三事

閉氣高手
食蟹獴在水中移動時，可以關閉耳朵和鼻子並在水中待上好幾分鐘！

河流評估準則
食蟹獴是「河流生態指標」之一！生態學家和水資源管理人員可以透過觀察食蟹獴的數量和生活狀況，判斷河流的健康狀況。

螃蟹剋星
食蟹獴對烹調螃蟹十分駕輕就熟。食蟹獴會先以爪子將螃蟹翻過來，並以牙齒輕輕咬開螃蟹的甲殼，再一口咬住。食蟹獴對食用螃蟹的喜愛程度，可謂是螃蟹界的恐怖之王！

香港半葉趾虎

hoeng1 gong2 bun3 jip6 zi2 fu2

體型
體長不超過 8 厘米

依賴著樹皮生活

香港限定

半葉趾虎的腳趾底部會分裂成多個皮瓣。
有機會能於香港島、蒲台島和石鼓洲看到牠們呢。

習性
夜行性動物。受到威脅，會立刻自斷尾巴，意圖讓敵人分散注意力並趁機逃跑。

主食
主要吃昆蟲和其他小型無脊椎動物

香港可能出沒的位置

郊野公園 ✓
周圍的邊陲地帶 ✓

爬蟲綱 有鱗目 壁虎科
Hong Kong slender gecko
學名：Hemiphyllodactylus
　　　hongkongensis

香港唯一的一種半葉趾虎，也是本地第八種壁虎，體型最小的壁虎品種。2018 年在香港首次被發現的新品種。

關於香港半葉趾虎的二三事

保護衣

由於香港半葉趾虎常被蛇類和蛙類視為捕食對象，故為了自我保護，牠們具有一身保護色，使其在晚間活動時也可以輕易地隱身於叢林中。

叢林忍者

香港半葉趾虎的趾盤上有成千上萬的細毛，每根細毛的尖端會分叉成多個匙狀物，以便牠們在垂直面上自如爬行甚至倒轉。尾巴亦可以以蜷曲的方式繞纏樹枝，可謂是叢林忍者！

栗背短腳鵯

leot6 bui3 dyun2 goek3 bei1

體型 長約 19 至 23 厘米

體重 31 至 47 克之間

特別的冠羽外型十分可愛！

叫聲很像責罵聲，希望大家不要誤會

習性

栗背短腳鵯經常成對或組成小群在喬木樹冠層中活動，牠們也會前往林下的灌木叢和小樹上活動和覓食。

主食

雜食性鳥類，主要以植物性食物為食，但也會吃昆蟲。

香港可能出沒的位置

濃密灌叢 ✓
低山丘陵地區 ✓

廣泛分佈於香港的樹林

鳥綱 雀形目 鵯科
Hemixos castanonotus
學名：Hemixos castanonotus

俗名灰短腳鵯海南亞種，是中國的
特有物種。留鳥。

關於栗背短腳鵯的二三事

群體日光浴
當栗背短腳鵯外出覓食時，總是成
群活動，特別喜歡在附近的水池邊
一起曬太陽。

總是在生氣
栗背短腳鵯會發出「tickety-boo」
的叫聲，聽起來像是銀鈴撞擊聲
和急切的責罵聲。

粉紅燕鷗

fan2 hung4 jin3 au1

體型
長約 31 至 38 厘米

體重
90 至 130 克之間

腹部帶有淡淡的粉紅色。

夏季會在香港東北和南面的海域出現。

尾叉十分長！

習性
喜歡在淺水處或海面上自由翱翔以尋找食物，喜歡聚集成群以及和其他燕鷗一起活動，有時會在岩礁上休息。飛行時，雙翅會頻繁搧動，以垂直俯衝或下潛的方式來捕捉獵物。

主食
以小型魚類為主食，也會捕食昆蟲和一些海洋裡的無脊椎動物。

香港可能出沒的位置

海岸 ✓
港灣的岩礁 ✓
沙灘 ✓
海上島嶼 ✓

鳥綱 鴴形目 鷗科
Roseate tern
學名：Sterna dougallii

又名青燕子、紅腳隼、青鷹。
為候鳥。

關於粉紅燕鷗的二三事

交出來吧！
粉紅燕鷗喜歡襲擊其他浮鷗類，並迫使牠們吐出已經吞吃的食物！

燕鷗孵育計劃
粉紅燕鷗會在巨大的岩礁上建巢繁殖。每對燕鷗通常會生下兩個蛋，母鳥和父鳥皆會輪流參與蛋的孵化過程直到牠們破殼而出。

這個巢位我要定了
來港繁殖的燕鷗們，通常會在四月底至五月進入本地探索周圍的環境，在這個階段，牠們有可能會因為爭奪最佳的巢位而爆發激烈的打鬥。

臭鼩

cau3 keoi4

體型
長約 10 至 14 厘米

體重
20 至 60 克之間

特徵是尖長的鼻子和小小的眼睛。
各有五趾,其爪子十分銳利。

有時會闖進人類的居所中覓食!

習性

在黃昏和黎明時活動,喜歡獨居,視力差,能發出尖銳的叫聲。會用枯枝、落葉和亂草築巢,以避免被發現,受驚嚇時會分泌臭腺分泌物作為自衛手段。

主食

臭鼩的食物以昆蟲為主,如蟋蟀、螻蛄等等。

香港可能出沒的位置

生活範圍很廣

平原 ☑
田野 ☑
草叢 ☑
竹林 ☑

哺乳綱 真盲缺目 鼩鼱科
Asian house shrew
學名：Suncus murinus

又稱錢鼠。是華南、南亞及東南亞
十分常見的動物之一。

關於臭鼩的二三事

勇猛無畏
雖然臭鼩體型細小，但其實個性兇猛！
牠們會毫不畏懼地跟體型比自己大得多
的黃胸鼠搏鬥！

笨拙的跳遠高手
臭鼩有點笨手笨腳，不擅長攀爬，但
牠們的跳躍力卻相當驚人，可以一躍
而起高達 200 毫米的高度！

20 cm

老鼠的替身
貓咪們看到臭鼩的話，會當作是
老鼠，出手抓捕，卻又不會吃掉。

戴上這個頭箍吧！

草原鵰

cou2　jyun4　diu1

體型　　　　　　　**體重**

長約 70 至 80 厘米　　2400 至 3800 克之間

習性

草原鵰主要在白天活動，會於電線桿、孤樹和地面上長時間休息，或於草原和荒地的上空翱翔，在空中觀察和尋找獵物，通常不會距離地面太遠，以便發現獵物時迅速俯衝並捕捉。

主食

主要捕食黃鼠、跳鼠、貂類、沙蜥、草蜥、蛇和鳥類等，也會食用動物屍體和腐肉。

香港可能出沒的位置

樹木繁茂的平原 ✓
草地 ✓
荒漠 ✓
低山丘陵 ✓

十分稀有，可以到米埔自然保護區等地碰碰運氣。
很容易跟其他深色的鵰混淆。
天上的王者！

鳥綱 鷹形目 鷹科
Tawny eagle
學名：Aquila rapax

又稱草原鷹、黑鵰、花鵰、塔斯、
茶色。

關於草原鵰的二三事

草原鵰的狩獵秘笈
草原鵰會守在地上或在旱獺和鼠類的洞口，
等待獵物出現時撲向他們。

7:00AM

咕～

出發

點餐時間
草原鵰的用餐時間和小齧齒動
物的活動時間非常一致，通常在早
上七時至十時和傍晚時份出沒。

豹貓

paau3 maau1

體型
長約 36 至 66 厘米

體重
1.5 至 5 公斤之間

雖然分佈廣泛，但不常見。

身上的圖案獨特，有四條寬而明顯的主條紋。

尾巴上有環紋，尾尖為黑色。

習性
夜行性動物，常在晨昏時活動。獨自或成對活動。喜歡在樹洞、土洞或石縫等地築巢善於游泳和攀爬。

主食
以各種鼠類、松鼠、蛙類、蜥蜴、蛇類、小型鳥類和昆蟲為食。

香港可能出沒的位置

山區森林 ✓
鄉野灌叢 ✓
林邊村落附近 ✓

哺乳綱 食肉目 貓科
Leopard cat
學名：Prionailurus bengalensis

又名狸貓、山貓、石虎。在中國會被稱作「錢貓」，因其身上的斑點和中國的銅錢相似。是台中市的城市吉祥物。

關於豹貓的二三事

我不要當胖貓

豹貓不是胖貓種，但有些主人可能會因為其體型看起來較瘦弱，而提供過多的食物和營養。

與豹貓當朋友

豹貓看起來十分野性，但其實個性活潑聰明亦不帶攻擊性，更善於與人相處。牠們可以與主人一起洗澡。有些主人還可以像遛狗一樣帶牠們散步呢！

馴養的起源

中國早在新石器時代已經開始馴養貓，而第一種被馴化的貓就是豹貓了！從考古和形態學的研究來看，這種馴化可以追溯到至少五千年前。

針毛鼠

zam1 mou4 syu2

體型
長約 14 厘米

體重
約 85 克

爬樹高手！

是很愛清潔的野生鼠。
背部有許多刺狀針毛。

香港可能出沒的位置

森林 ✓
山區 ✓
丘陵地帶 ✓
溪谷 ✓
林地 ✓

沒有固定出現地點，
常見於林地。

習性

以夜間為主，但在白天也常外出
活動。活動範圍很廣，非常兇猛，
亦能夠靈活攀爬、跳躍，甚至在
樹上行動，輕鬆跳過樹枝和縫隙
尋找食物。

主食

主要以植物為食，喜歡吃野果、
竹筍、茶果和栗子等，也常常去
田間偷吃稻穀、麥子、花生和漿
果等農作物。

哺乳綱 齧齒目 鼠科
Chestnut white-bellied rat
學名：Niviventer fulvescens

關於針毛鼠的二三事

針毛鼠的家居風格

針毛鼠住所由多條洞道和分支組成，包括深入地下的單口縱深洞、地面上的單口橫洞，還有通向不同方向的雙口或三口橫洞。洞口隱蔽，內部有巢室、廁所和盲洞等區域。針毛鼠喜歡用樹葉、竹葉、樹枝和雜草等築巢，洞口通常朝向西南方。

馬夫魚

maa5 fu1 jyu4

體型

長約 1.5 至 4 厘米

習性

在日間活躍。幼魚喜歡獨自在淺水區游泳，
而成魚通常會群集於珊瑚礁附近盤旋。

主食

主要食物來源為動物性的浮游生物和珊瑚蟲。

香港可能出沒的位置

珊瑚礁 ☑
潟湖 ☑
近海沿岸 ☑
外礁斜坡的深水區域 ☑

香港的常見物種。

背鰭的第四根硬棘會延長成絲狀。

眼睛上方有一個黑色的斑點。

棲息在深度 2 至 75 米的水域的魚魚。

條鰭魚綱 蝴蝶魚目 蝴蝶魚科
Pennant coralfish
學名：Heniochus acuminatus

又名白吻立旗鯛，俗名黑白關刀。

關於馬夫魚的二三事

別把我當成菜餚

馬夫魚可是高價值的觀賞魚！牠們不是用來下廚的材料，所以請別把牠們當成美食來享用呢。

魚善被魚欺

馬夫魚性格溫馴，有時會被體型較大的刺尾魚和鱗魨魚類欺負。

女皇寶座

魚群中最大的雌魚通常為牠們的領袖，其他魚都會跟隨牠的行動。領袖的背鰭通常是最大的，年輕的魚有可能會挑戰領袖的地位，但通常吃了豐富的飼料也不會超過領袖的大小，只好繼續追隨女王了！

馬來豪豬

maa5 loi4 hou4 zyu1

體型　　**體重**
長約 63 至 72 厘米　0.7 至 3 公斤之間

不常見的香港物種。
聽覺和視覺不靈敏。

身體大部分地方都有扁平的棘刺，以黑棕色和白色相間。
有些棘刺帶有鉤子！

習性

夜行性動物，白天會躲在洞內休息。行動緩慢，晚上常循著固定路線覓食。冬季時會群居。

主食

主要食物包括花生、番薯等農作物，特別喜歡吃鹽。

香港可能出沒的位置

山區丘陵 ☑
繁茂的林木 ☑
山坡草叢或密林 ☑

哺乳綱 齧齒目 豪豬科
Malayan porcupine
學名：Hystrix brachyura

也稱馬來箭豬、喜馬拉雅豪豬、東亞豪豬。

關於馬來豪豬的二三事

豪豬的護身符

若豪豬感到威脅或憤怒時，牠們會迅速將身上的棘刺豎起來，並不停地抖動，也會彈動肌肉使背部的棘刺射出來！但這些棘刺的力量很小，只能用於嚇唬敵人。

腹部攻擊

豹和獵狗是少數能擊敗豪豬的對手，但需要先把豪豬踢翻使其柔軟的腹部朝上。

馬來豪豬的穴居智慧

馬來豪豬善於利用天然石洞或穿山甲、白蟻挖掘的舊巢穴建造出一套複雜的巢穴系統，一般會有兩個洞口，其中一個會開在雜草中，以便在危險時逃脫並進入。

彩䴉

coi2　waan4

體型
長約 49 至 60 厘米

體重
480 至 800 克之間

習性

通常獨自或與少數同伴覓食，會以長嘴插入泥地或淺水中的方法覓食，或捕食表層食物。白天覓食後便會回到樹上棲息。

主食

以小型無脊椎動物為其主要的食物來源，如水生昆蟲、昆蟲幼蟲、蝦、甲殼類等。

香港可能出沒的位置

向下彎曲的嘴好特別。
喜歡在沼澤、稻田等地方築巢。

淺水湖泊 ☑
沼澤 ☑
濕草地 ☑
水田 ☑
水渠等淡水水域 ☑

非常罕見，近年曾在上水塱原出現！

鳥綱 鵜形目 鷹科
Glossy ibis
學名：Plegadis falcinellus

留鳥。

關於彩鷹的二三事

優美的翱翔姿態
牠們會伸長頸部和頭部，並將腳伸
到尾部的後面，通過鼓動兩翼來維
持飛行，再配合牠們的滑翔技巧，
姿態非常優美。

我的食物呢？
有時為了覓食，會把整個頭都浸
入水中，或在陸地上跑來跑去追
逐獵物。

收隊！
到了晚上時份，彩鷹會成直線排列
或編隊飛回共棲處。有時牠們也會
與其他鳥類如白鷺和蒼鷺混群，彼
此之間可以和諧共處。

眼鏡蛇

ngaan5　geng3　se4

體型

長約 1 至 3 米

有溝牙和細牙，屬於毒蛇！

頸部和身體有變化很大的花紋。

頭背有對稱的大鱗。

習性

晝行性蛇類，主要在白天外出活動覓食。能耐高溫，在 35 至 38℃ 的炎熱環境中仍可四處活動，反之對低溫的承受能力則較差，冬季會集群冬眠。

主食

食性很廣，既吃蛇類、魚類、蛙類，也食鳥類、蛋類等。

香港可能出沒的位置

平原 ☑
丘陵 ☑
在山坡墳堆 ☑
田間 ☑
住宅附近 ☑

爬行綱 有鱗目 眼鏡蛇科
Cobra
學名：Naja

眼鏡蛇的英文名稱「Cobra」來自拉丁語，意為「蛇」。在閩南語和粵語中，眼鏡蛇被稱為「飯匙銃」和「飯鏟頭」，因其張開頸部時形狀像飯匙或飯鏟的頭。

關於眼鏡蛇的二三事

致命威脅

眼鏡蛇的毒液中含有可以攻擊神經系統的神經毒素，除了會導致麻痹，還有可引致內出血及流血不止的細胞毒素，只需約 15 毫克的毒液，就足以致人於死地呢！

精準射手

有些眼鏡蛇能夠射出毒液，這種蛇會被稱為「射毒眼鏡蛇」。攻擊時會瞄準敵人的眼睛，以壓縮毒液囊的方法，透過毒牙頂端上方的小洞將毒液噴向對方。

裝腔作勢

遇到敵人時眼鏡蛇會擴張頸部並且舉起身體前半部低吼，使自己看上去更大，藉以恐嚇敵人。

野豬

je5 zyu1

是體型粗壯且四肢短粗的動物。

雄性野豬有兩對不斷生長的犬齒，會用作武器或挖掘工具。

在香港島、大嶼山、大帽山、新界東北、西貢和清水灣等地也有出現的紀錄。

體型   **體重**

長約 150 至 200 厘米   90 至 200 公斤之間

習性

野豬群一般由 20 隻左右的成員組成，也曾有超過 50 隻野豬群的紀錄。野豬會挖掘洞穴作為家園。

主食

食物來源包括草、果實、根、昆蟲、鳥蛋、大家鼠、腐肉，也會吃野兔和鹿崽等。

香港可能出沒的位置

熱帶雨林 ☑
溫帶林地 ☑
草原 ☑
農地 ☑

棲息範圍很廣

哺乳綱偶蹄目 豬科　　　　　　　又名山豬。
Wild boar
學名：Sus scrofa

關於野豬的二三事

野性十足

激怒野豬或使其感到威脅的話，公豬會用鋒利的獠牙保護自己，而母豬則會以咬噬對方作攻擊手段。

豬鼻神功

野豬嗅覺很強，能分辨食物成熟程度，甚至在積雪下找到幾米下的食物，雄豬亦可以利用嗅覺尋找雌豬的位置。

古林博斯帝

北歐神話中，豬不僅是野蠻的象徵，也象徵著肥沃和豐收。豐饒之神弗雷所養有的野豬名為古林博斯帝，據說牠的鬃毛可以照亮黑暗，讓人安心前行。

斑頭鵂鶹

baan1 tau4 jau1 lau4

是會在日間活動的貓頭鷹！
有黑色的爪子和硬毛狀的羽毛。
有可能會在香港濕地公園發現到呢。

習性

獨自或成對活動的鳥類，白天和晚上皆會活動。能在空中捕捉小鳥和大型昆蟲，鳴聲獨特，晨昏時會發出快速的顫音，音量會隨著調子降低而增加。

主食

主要以昆蟲和幼蟲為食，如蝗蟲、甲蟲、螳螂、蟬等等，也會吃鼠類、小鳥、蚯蚓、蛙和蜥蜴等。

香港可能出沒的位置

各種森林環境 ☑
林間 ☑
農田附近的樹上 ☑

鳥綱 鴞形目 鴟鴞科
Asian barred owlet
學名：Glaucidium cuculoides

留鳥。

夜間的犬吠聲

斑頭鵂鶹會發出一種聽起來像犬吠聲的雙哨音，這種聲音音量會不斷增強，速度也會慢慢加快，直至整個空間都充斥著牠的聲音。在靜謐的夜晚，牠們的聲音可以傳播數里遠。

我不是喵喵

斑頭鵂鶹配有一雙圓圓的眼睛，頭部圓圓，像貓一樣，故亦被取名為「貓王鳥」，但斑頭鵂鶹其實是很兇猛的猛禽呢！

普通翠鳥

pou2 tung1 ceoi3 niu5

翠藍色和橙黃色的羽毛十分容易辨認。
色彩艷麗的美麗小鳥！
有可能在濕地公園和城門水塘附近出沒。

體型

長約 16 至 17 厘米

體重

40 至 45 克之間

習性

經常單獨出沒，喜歡在河邊的樹樁、岩石和小樹的低枝上休息。
喜歡靜止不動地盯著水面或在空中懸浮低頭凝視，在發現獵物時快速俯衝入水中。牠們能在水面低空直線飛行，速度很快，會邊飛邊叫。抓到獵物後，會將獵物帶回棲息地，將魚摔打至死後再吞食。

主食

主要以小魚為食，也會吃甲殼類和各種水生昆蟲及其幼蟲。

香港可能出沒的位置

林區溪流 ☑
平原河谷 ☑
水流緩慢的小河水庫 ☑

鳥綱 佛法僧目 翠鳥科
Common kingfisher
學名：Alcedo atthis

又名釣魚翁、魚狗。
留鳥。

關於普通翠鳥的二三事

獨立領域
普通翠鳥有高度的領域性，其範圍通常至少長一公里，如果另一隻翠鳥進入其領域，會發生打鬥！

Alcedo atthis
普通翠鳥的拉丁學名「Alcedo atthis」，意思是「倩女般美麗的魚狗」。

你逃不了的
普通翠鳥擁有可以在水中保持視力清晰的技能！在水中會使用雙眼視覺，用於判斷移動獵物的距離。

棕果蝠
zung1 gwo2 fuk1

體型
長約 9 至 12 厘米

體重
45 至 106 克之間

常在郊區出沒。

尾巴很短，會藏在股間膜中。

喜歡群居的蝙蝠

習性

熱帶蝙蝠，不冬眠，和同種蝙蝠棲息於洞穴中。在夜間時外出覓食，在天黑前便會離開洞穴，深夜才會返回洞穴。而有一部分棕果蝠會留在洞穴中直到凌晨。

主食

主要食物為野生水果和種植的水果。

香港可能出沒的位置

在大型石灰岩山洞中 ✓
隱蔽的高樹樹葉 ✓

哺乳綱 翼手目 狐蝠科
Leschenault's rousette
學名：Rousettus leschenaultii

又叫印度果蝠。原產東南亞。

關於棕果蝠的二三事

空中公寓

在白天時，會用一隻後腳鉤爪，以臉向下，眼睛向前倒吊著。牠們會密集地堆疊在一起，聚集在洞穴的凹凸處懸掛著。

水果殺手

棕果蝠可謂是果農的大敵人，牠們在傍晚時份會從洞裡蜂擁而出，直奔附近的果園吃水果。

邊是我們的，
請不要過界。

寸土必爭

棕果蝠進佔洞穴的行為相當霸道！一旦進入洞穴，牠們會霸佔絕大多數的空間，其他物種只能被迫退居到一旁。

無斑箱魨

mou4　baan1　soeng1　tyun4

顏色和花紋也很美麗的魚。
由九條軟條構成。

我只是身形呈長方形，並不是胖子！

習性

無斑箱魨喜歡獨自活動，並且會在江河和海洋之間來回游動。在繁殖季節時會游回江河產卵。

主食

以海藻、底棲的無脊椎動物和小型魚類為主要食物。

香港可能出沒的位置

 居住在水中的中層或底層 ☑

條鰭魚綱 鮋形目 箱魨科　　　　又稱箱河魨、海牛港。
Immaculate boxfish
學名：Ostracion immaculatus

關於無斑箱魨的二三事

魚中最毒

無斑箱魨含有劇毒的 TTX 神經毒素，是所有魚類中毒性最強的一種！

不同種類的河豚所含毒素效力不同，但只要攝入無斑箱魨身體裡 16 毫克的毒素就能致命，如果以注射的方式，則只需要 2 毫克。

漂浮的毒氣球

無斑箱魨生性膽小。當受到威脅時，牠們會以食道向前腹側和後腹側擴大成囊方式，使自己膨脹成球狀並漂浮在水面上，發出咕咕聲。一旦接觸便會釋出強烈的毒素。

膨脹中的無斑箱魨

短耳鴞

dyun2　ji5　hiu1

體型　　　　　體重
長約 34 至 40 厘米　251 至 366 克之間

會在白晝出現的貓頭鷹。
臉部有黑色羽毛斑紋和棕黃色皺紋。

鳥綱 鴞形目 鴟鴞科
Short-eared owl
學名：Asio flammeus

俗稱短耳貓頭鷹，是分佈最廣的鴞類之一。多數為冬候鳥或旅鳥，少數為留鳥。

習性

傾向於傍晚和晚上活動，偶爾也會在白天活動，通常棲身在地面或草叢中。繁殖季節期間，會反覆多次地發出「不一不一不一」的鳴叫聲。

主食

以鼠類為主，偶爾也會捕食小鳥、蜥蜴和昆蟲，有時也會吃植物的果實和種子。

香港可能出沒的位置

低山 ✓
丘陵 ✓
遼闊的平原草地 ✓
沼澤 ✓
湖岸地帶 ✓

過往曾在甩洲發現無法正常飛行，且全身沾滿泥的短耳鴞的紀錄。

關於短耳鴞的二三事

我不是胖

短耳鴞跟很多貓頭鷹一樣，既有長腿又有利爪，方便抓緊獵物，所以在厚厚的毛裡其實埋藏了一雙大長腿！

長頸「鴞」

短耳鴞有一條很長的頸，可以 270 角度轉動，以準備好隨時觀察獵物，十分靈活！

紫灰錦蛇

ji2 fui1 gam2 se4

體型

長約 80 至 110 厘米

身體背部會有黑色條紋延伸至尾巴，
頭頂則有一條短而明顯的黑色紋路。

分佈廣泛，然而數量仍然相對稀少，可能只出現在一個區域。
身體顏色有棕色、紅色、三文魚色或桃色等不同的變數。

習性

性情溫馴，但同時也具有神經質和膽小的性格。通常在夜間活動，白天則躲藏在隱蔽的地方。

主食

主要以小型哺乳動物為食，尤其喜愛進食鼠類。

香港可能出沒的位置

山區森林 ✓
茶山 ✓
農田 ✓
溪流旁 ✓
山路邊村舍附近 ✓

非常稀有，被認為是香港最罕見的蛇之一。

爬行綱 有鱗目 游蛇科
Black-banded trinket snake
學名：Oreocryptophis porphyraceus

又名紅竹蛇、紫灰蛇。

關於紫灰錦蛇的二三事

尾巴變身
紫灰錦蛇受到威脅時會迅速將自己的尾巴盤成
蚊香座狀，像是在示威一般。

飼養要求高
紫灰錦蛇的飼養較為困難。牠們
不太耐高溫，對食物也相當挑剔。

黃 小 鷺

wong4 siu2 lou6

體型 長約 29 至 38 厘米

體重 52 至 105 克之間

會佇立在水邊不動。
常在隱蔽的水草叢中以雙腳攀附於草莖，十分可愛！

習性

常單獨或成對活動，活動時間為清晨、傍晚、晚間和白天。尋找食物時，通常沿沼澤地、蘆葦塘或水邊淺水處緩步涉水覓食。

主食

主要吃小魚、蝦、蛙和水生昆蟲等動物。

會用蘆葦做巢

香港可能出沒的位置

在平原和低山丘陵地帶的水域 ✓
尤其是有挺水植物和遼闊的湖泊、水庫、水塘和沼澤 ✓
附近的草叢與灌木叢中 ✓

鳥綱 鵜形目 鷺科
Yellow bittern
學名：Ixobrychus sinensis

又名黃葦鳽或黃葦鷺，俗稱水駱駝或小老等，閩南語又稱田缺了或田缺仔。大部分為夏候鳥。

關於黃小鷺的二三事

隱身術

黃小鷺有極高警覺性，一旦感到危險就會立刻停下來靜止不動，依靠自己體色和花紋融入環境，防止敵人找到牠，但其實還是很容易被找到……

小記

香港的濕地南生圍果然是鳥類天堂！一次去南生圍寫生時除了看到站在木板上的鴨子、在天空中盤旋著的猛禽直插水中捕食外，竟然也看到黃小鷺的蹤影呢！

休息中的黃小鷺

黃牛

wong4　ngau4

體型　　　　**體重**
長約 1.5 至 2.5 米　200 至 350 公斤之間

常在水邊覓食。
有一對中空而彎曲的角。
後方兩隻蹄子不會接觸地面。

習性

可以在各種極端天氣和環境下生存。能吃粗糙飼料，適應能力強，也可以靠放牧恢復體力。

主食

主要以植物為食，例如青草、乾草、牧草、樹皮、灌木和一些雜食性食物，如根莖和果實。

香港可能出沒的位置

沼澤 ✓
河流 ✓
池塘 ✓
草原 ✓
潮濕的地區 ✓

西貢、馬鞍山、大嶼山、大帽山、城門水塘等地也有可能會遇上呢。

哺乳綱 偶蹄目 牛科
Cattle
學名：Bos taurus

黃牛幾乎遍佈全國各地。主要在農區用作役畜，而在牧區則兼用作乳牛和肉牛。

關於黃牛的二三事

更廣闊的視野
黃牛的眼睛位於頭部兩側，具有很寬的視野，可達 320 度，但由於視野重疊範圍較小，觀察側面的景物時，因缺乏立體感和難以判斷大小，需要停下來才能專注觀察。

牛的象徵
人們重視黃牛，常被視為力量、財富、忠誠和勤勞的象徵。

神秘睡眠模式
黃牛警覺性高且很少有時間用於睡眠，在反芻和休息時也是處於一種半睡眠狀態，真正進入深度睡眠的時間不到一小時。

黃腹鼬

wong4 fuk1 jau6

體型	體重
長約 20.5 至 33 厘米	168 至 250 克之間

尾巴細長且全身短毛的小動物！
在中國南方的森林中，黃腹鼬很常見。
腹部呈沙黃色，分界線清晰。

習性

穴居動物，喜歡在其他動物的洞穴、石堆、墓地或樹洞中建造自己的巢穴。主要在黃昏和夜間活動，清晨也會有活動。其活動範圍不大，通常都走固定的路線。獨自活動或成對出現，會游泳，但不太會爬樹。

主食

喜歡吃鼠類，也會吃魚、蛙、昆蟲等等，偶爾也會食漿果。

香港可能出沒的位置

山地森林 ✓
草叢 ✓
低山丘陵 ✓
農田 ✓
村莊附近 ✓

不常見，主要出現在郊區和郊野公園。

哺乳綱 食肉目 鼬科
Yellow-bellied weasel
學名：Mustela kathiah

因其腹部顯著的黃色而得名。

關於黃腹鼬的二三事

小巧卻兇猛
黃腹鼬性情兇猛，行動敏捷，走路時碎步前進，
似在搜尋獵物。

臭屁彈
被其他動物追趕時會利用其肛腺
放出惡臭氣體，讓追趕者遠離自
己，然後馬上鑽入洞中避險。

老鼠剋星
和鼬屬其他種類一樣，在不飢餓的
情況下，看到老鼠時便會捕捉。由
於其體型小可以輕易地鑽進比牠們
身體小的洞穴，故能夠輕鬆捕獲逃
進洞裡的老鼠。

黑翅鳶

hak1　ci3　jyun1

體型　**體重**
長約 31 至 34 厘米　約 300 克

習性

通常在清晨和黃昏活動，白天則經常停留在樹梢或電線桿上休息。當有小鳥或昆蟲飛過時，會突然猛衝過去捕食。叫聲細而尖。

主食

主要包括田間的老鼠、小鳥、野兔、昆蟲和爬行動物等。

有血紅色虹膜和黑色嘴巴。
外表帥氣也很可愛！
會不停搜索地面的小動物。

鳥綱 鷹形目 鷹科
Black-winged kite
學名：Elanus caeruleu

又名黑肩鳶。
留鳥，於香港為過境遷徙雀鳥。

香港可能
出沒的位置

農田 ☑
疏林 ☑
草原 ☑
原野 ☑

關於黑翅鳶的二三事

優雅盤旋在空中的獵鳥
黑翅鳶在空中盤旋、翱翔的動作很輕盈，看起來非常優雅。

特殊武器
黑翅鳶的喙基非常寬，口部可以張得很大，有助黑翅鳶更輕鬆地捕捉大型獵物，包括兔子、松鼠，甚至其他的鳥類。

黑臉琵鷺

hak1　lim5　pei4　lou6

體型　　　　體重

長約 70 厘米　　約 2 公斤

全球瀕危物種。

會在米埔后海灣和新田出沒！

只在東亞地區出沒，是全球數量只有數千隻的珍貴物種。

習性

通常單獨或小群活動。機警，很難接近。白天覓食，通常在淺水處尋找食物。有時會與其他水鳥混群活動。中午前後會在蝦塘的土堤上或稀疏的紅樹林中休息。

主食

主要以小魚、蝦、蟹、昆蟲及軟體動物和甲殼類動物為食。

香港可能出沒的位置

- 內陸湖泊 ✓
- 水塘 ✓
- 河口 ✓
- 蘆葦沼澤 ✓
- 海邊蘆葦沼澤地帶 ✓

鳥綱 鵜形目 鷺科
Black-faced spoonbill
學名：Platalea minor

又名小琵鷺等，因嘴的形狀扁平長得像湯匙，故俗稱飯匙鳥、黑面勺嘴，也被稱為「黑面天使」和「黑面舞者」。冬候鳥及留鳥。

關於黑臉琵鷺的二三事

空中優美的旋律
黑臉琵鷺飛行時會將頸部和腿部伸直，然後緩慢地拍打翅膀，展現出優美而有節奏的動作。

水中掃帚
黑臉琵鷺覓食會用長喙插進水中，半開著嘴在淺水中慢慢前進，並搖晃頭部左右掃蕩水底層的獵物。

休閒娛樂
黑臉琵鷺休息時，牠們會嬉鬧和為彼此梳理羽毛。

圓尾鱟

jyun4 mei5 hau6

體型
長約 30 厘米

體重
52 至 105 克之間

有時候會在西貢、大嶼山等水域被發現。

被海浪打翻而動彈不得的話，會用尾巴把自己翻轉。

在地球上已經出現了三億年。

活化石之稱

習性
棲息深水中，但幼體常出現在潮間帶淺水區繁殖，一萬隻幼鱟僅有一到兩隻能夠長大並生活 10 到 15 年。

主食
以貽貝、小蟹、蠕蟲、蠔和沙蟲的雙殼類動物為主食。

香港可能出沒的位置

海底 ✓
繁殖時會出現在潮間帶的泥灘 ✓

肢口綱 劍尾目 鱟科
Mangrove horseshoe crab
學名：Carcinoscorpius rotundicauda

被稱作「馬蹄蟹」，與蜘蛛和蠍子有著親密的親戚關係，同屬於螯肢亞門。

關於圓尾鱟的二三事

緩慢的成長之路

圓尾鱟的脫皮需要開始劃出裂縫，再慢慢爬出全身新的甲殼。科學家估計要成為一隻完全成長的圓尾鱟，需要等待十幾年！

一脫皮就長 33%?!

當幼體脫掉一層皮後，體積就能增加33%。

藍血液

藍色血液在生物醫學科學中被廣泛應用！除了可用於治療精神疲憊和腸胃炎等疾病的藥物，亦用於檢測細菌及其內毒素。

圓鼻巨蜥

jyun4　bei6　geoi6　sik1

體型　　　　**體重**
長約 60 至 90 厘米　　約 25 公斤

四肢粗壯的強壯動物！
四肢和尾巴上有黑黃相間的斑紋。
在湖邊及水塘仍不時能看到牠們的蹤影。

習性

喜歡在清晨和傍晚覓食，具備游泳和攀爬能力，天性好鬥。圓鼻巨蜥壽命可以長達 150 年。

主食

不太挑食，從魚類、蛙類、蝦類，到小型哺乳動物和爬行動物，昆蟲和鳥蛋皆通通進食。甚至會溜進附近的村莊偷吃家禽。

香港可能 出沒的位置

山區的溪流旁 ✓
沿海的河口 ✓
山塘 ✓
水庫等 ✓

爬行綱 有鱗目 巨蜥科
Asian water monitor
學名：Varanus salvator

又稱水巨蜥、澤巨蜥、五爪金龍、四
腳蛇。

關於圓鼻巨蜥的二三事

戰鬥巨蜥
圓鼻巨蜥在搏鬥時，會將身體向後並擺出格
鬥的架勢，在敵人注意力稍有鬆懈時，會舉
起尾部狠狠地抽打過去，使對方措手不及，
落荒而逃，甚或喪命。

圓鼻巨蜥逃脫術
當圓鼻巨蜥感到危險時，會迅速爬上
樹，緊緊地抓住樹幹發出威嚇的聲響，
並鼓脹起脖子。如果對手還不罷休，
會用剛吞下去的食物來引誘對方以趁
機逃走。

千萬別接觸
圓鼻巨蜥身上的寄生蟲感染率很高，內部感
染率更達到 100%！

綠 海 龜

luk6　hoi2　gwai1

體型	體重
長約 80 至 150 厘米	在 6 至 14 公斤之間

體型巨大的硬殼海龜！
前肢的爪則呈鈎狀。
有在南丫島深灣繁殖的紀錄。

習性

在特定區域覓食，是唯一會上岸曬太陽的海龜品種。因使用吞氣式呼吸，須每隔一段時間伸出頭部到海面上呼吸空氣，此外，還可以利用肛門周圍的肌肉收縮，從海水中攝取氧氣。

主食

以海藻為主食，偶爾也吃軟體動物、節肢動物或魚類。

香港可能出沒的位置

通常在長滿海藻的淺海域覓食 ✓

廣泛分佈在熱帶及亞熱帶海域中

爬行綱 龜鱉目 海龜科
Green sea turtle
學名：Chelonia mydas

又稱綠蠵龜、青海龜。

關於綠海龜的二三事

遺傳習性

在漫長的進化過程中，牠們仍然保留著一些祖先的習性，會回到牠們的出生地，也就是海灘上來繁殖後代。

綠海龜如何睡眠

夜幕降臨，綠海龜會漂浮在海面上入睡。暫停肛囊的呼吸，轉而使用肺來呼吸。

青綠色的秘密

由於需要用肺呼吸，於海中的潛水深度極限約一兩百米，其主食為海中的海草與大型海藻，因體內脂肪累積了許多綠色色素才呈現淡綠色。

139

銀耳相思鳥

ngan4 ji5 soeng1 si1 niu5

體型
長約 16 厘米

體重
約 26 克

習性

活潑大膽，常在秋冬季節出現，喜歡單獨或成對活動，有時也會結成小群。不怕人，好奇心重。常在灌木叢或竹林裡跳來跳去，很少在樹上靜止或飛得太遠。

主食

主要以各種昆蟲為食，像是甲蟲、瓢蟲、螞蟻及昆蟲幼蟲。也會吃一些植物果實和種子，例如草莓、懸鉤子和玉米等。

香港可能出沒的位置

常綠闊葉林 ✓
竹林 ✓
林緣灌叢地帶 ✓

有可能在城市公園發現牠們的蹤跡

哎哎
哎哎

常在樹林低層活動的搶眼小朋友！

**黑色的頭部配有大片白色斑，
其餘部分主要為美麗的橙紅色。**

鳥綱 雀形目 噪鶥科
Silver-eared mesia
學名：Leiothrix argentauris

又稱相思鳥、黃嘴玉等。
留鳥。

關於銀耳相思鳥的二三事

覓食大群的美麗常客
銀耳相思鳥會加入其他鳥類的大群覓食，其中包括其他鶯鶥科的物種。通常在靠近地面的地方，但有時也會在高達五米的樹冠層覓食。

相思鳥兵團
銀耳相思鳥常常跟紅嘴相思鳥在一起，在樹林下方的茂密灌草叢中聚集。

領角鴞

ling5 gok3 hiu1

體型　**體重**

長約 24 厘米　100 至 170 克之間

屬於最常見的本地貓頭鷹物種！
身體帶有小箭頭狀的條紋。

習性

領角鴞是夜行動物，白天很少露面。他們會躲在茂密的枝條中，紋風不動佇立著，就像是一座雕塑。

主食

主要以甲蟲、蚱蜢等昆蟲為食，也會吃蜥蜴、老鼠甚至小鳥。

香港可能出沒的位置

森林 ✓
次生森林 ✓
城市 ✓
鄉村周圍的樹林 ✓
竹林平原 ✓

有時會出現於林地或市區公園裡

鳥綱 鴞形目 鴟鴞科
Collared scops owl
學名：Otus lettia

關於領角鴞的二三事

15 分鐘的鳴叫聲
領角鴞會發出一個柔和、單調的「噗噢」聲，
每隔約 12 至 20 秒就會重複一次。這種鳴叫聲
可能會持續長達 15 分鐘，也許更長。

眾矢之的
領角鴞雖然是夜行性，但牠們不太受
其他鳥類歡迎，所以在日間棲息時，
不時被聚集在樹上的小鳥圍攻。

歐亞水獺

au1　aa3　seoi2　caat3

體型

長約 90 至 115 厘米

趾間有蹼，可在水中快速游動捕食。

住所很隱蔽，多為在河道邊所挖掘的巢穴、
偏僻的洞穴或樹叢等等。

尾巴佔其身體三分之一

習性

主要在夜間活動，行蹤神秘。聰明又愛玩。皮毛有外層防水、內層保暖的效果，故此在水中亦可行動敏捷，卻不能長時間在水中逗留。

主食

十分喜愛吃魚類，份量佔所有食物的八成，其餘則為甲殼類動物如蟹和水生昆蟲，間中亦會食用鳥類。

香港可能出沒的位置

海岸及河流 ✓
有豐富資源的地方 ✓

哺乳綱 食肉目 鼬科 水獺屬
Eurasian otter
學名：Lutra lutra

受《野生動物保護條例》保護，半水棲
哺乳動物。

關於歐亞水獺的二三事

一萬八千倍的領地

歐亞水獺的地盤意識十分強！即使
身長只有一米多，卻擁有 18 公里的
領地，即長度達一百六十三個標準
足球場。

「刀」下留人

遇上危險時，水獺會向捕食者展示牠的
嬰兒，希望換取捕食者的同情心。

水獺也有傳家之寶

每隻水獺也會有一塊代代相傳的「寶
物」，一塊以用來打開貝殼的石頭，歐亞
水獺會長期夾在腋下方便拿出來使用。

褐林鴞

hot3 lam4 hiu1

體型 長約 50 厘米

體重 約 850 克

自帶黑色眼圈的帥氣外表。
會在黑夜出現的神秘物種。

習性

夜行性鴞鳥，成對或單獨活動。白天會躲藏在茂密的森林中，以直立的姿勢棲息在粗枝上，直到黃昏和晚上才會出來活動和狩獵，有時在陰暗的白天和樹林深處也會出現。很機警也很膽怯，稍有聲響，就會迅速飛離。會發出各種各樣的聲音，類似號啕大哭、震顫、尖叫聲和竊笑聲。

主食

主要以齧齒類為食（即鼠類），還會吃小鳥、蛙、小型獸類和昆蟲，偶爾捕食魚類。

香港可能出沒的位置

罕見，但曾有出現在大嶼山的紀錄！

山地森林 ✓
熱帶森林沿岸地區 ✓
平原 ✓
低山地區 ✓

鳥綱 鴞形目 鴟鴞科
Brown wood owl
學名：Strix leptogrammica

亞熱帶山區森林留鳥。

關於褐林鴞的二三事

靜如朽木
在白天受干擾時，牠們會將體羽縮緊，就像一段朽木一樣，半睜著眼睛觀察四周。

約會叫聲
黃昏時，牠們會和伴侶通過聲音交流來進行配合，相約出去覓食。

感覺有人在看著……

偷襲
牠們會耐心地在樹枝頭上等待獵物出現。當獵物露出破綻時，褐林鴞會瞬間發動攻擊，毫不留情地撲向獵物。

褐家鼠

hot3 gaa1 syu2

體型
長約 20 厘米

體重
約 115 克

大家應該不難看到！
尾巴上下部分顏色不同。

習性

群居，晝夜活動但以夜間為主，運動能力強，能攀爬、游泳和潛水。對環境變化敏感，警覺性高，但習慣後就會失去警惕性。春秋季節較活躍。

主食

褐家鼠可食各種食物，如人類食物、飼料、垃圾等，偏好含脂肪和含水量充足的食物。

香港可能出沒的位置

河邊草地 ✓
灌叢 ✓
荒草 ✓
人類居住區 ✓

分佈於全世界，凡是有人居住的地方都有褐家鼠的存在。

哺乳綱 齧齒目 鼠科
Brown rat
學名：Rattus norvegicus

又名褐鼠、大鼠、白尾吊、耗子、溝鼠，為常見的老鼠之一，也是當中最大的物種。

關於褐家鼠的二三事

臭名昭著
溝鼠經常藏身於水溝、排水口、下水道，甚至是垃圾桶和廚餘桶等地方，身上可能帶著各種細菌和病毒。

啃咬大師
褐家鼠的啃咬能力很驚人！牠們可以輕易咬壞各種建築材料，如鉛板、鋁板、橡膠、混凝土等，木製的門窗、傢俱、電線、電纜等也難逃牠們的鋒牙。

生存能力無極限
適應力極佳的褐家鼠不僅能在極寒的冷庫中繁殖，還能忍受高達 40℃ 的熱帶氣候，甚至能像旅行家一樣爬上火車、輪船和飛機。

噪鵑

cou3 gyun1

體型   **體重**

長約 39 至 46 厘米   175 至 350 克之間

習性

單獨活動。隱蔽地藏於大樹的枝葉叢，一般只能聽見其鳴叫但不見其蹤影。

主食

雜食性動物，以果實、種子為食，亦會覓食昆蟲。

黑色身體配上紅色的虹膜十分帥氣

全身皆為黑色並帶淡藍色*

香港可能
出沒的位置

城市中的大型公園 ✓
低海拔地區的森林 ✓
丘陵 ✓
耕地 ✓
平原等地 ✓

因其叫聲而討論度很高的鳥類。
雌鳥全身為暗褐色，並有整齊白色小斑點。

鳥綱 鵑形目 杜鵑科
Asian Koel
學名：Eudynamys scolopaceus

常見留鳥。俗名為嫂鳥、哥好雀、婆好、
叫春鳥、升 Key 雀、哦啊。

關於噪鵑的二三事

Ko-el～

Ko-el～

噪鵑的開聲練習

噪鵑會發出響亮清脆的叫聲求偶，
鳴聲為雙音節的「Ko-el」聲，重複
約 5 至 10 次，每次提高聲調和速度，
故被廣稱為「升 Key 雀」。即使過
程受到干擾，也會立刻飛到另一棵
樹上繼續。

我踢～

是不是怪怪的？

偷龍轉鳳

噪鵑是巢寄生的鳥類，會尋找
棲息環境、食物、產卵期、孵
化期也相近的鳥類的巢穴，並
將其中一枚鳥蛋吃掉或推至樹
下，混入自己的鳥蛋，讓不知
情的宿主幫忙將噪鵑的鳥蛋孵
化及餵養。

不祥之兆？

由於外型，有時也會被視為不祥
之兆，但其實噪鵑反而是代表那
地方生態環境良好，因為牠只會
於植物茂盛的區域頻頻出沒。

橙頭地鶇

caang2 tau4 dei6 dung1

體型
長約 18 至 21 厘米

體重
51 至 60 克之間

翅膀上方有明顯的白色橫斑。
喜歡在冬季飛來香港的品種。

窘差
窘差

習性
通常會單獨或成對活動。由於是地棲性的鳥類，大多在地上活動和覓食，但有時也會在樹上活動。性格膽怯，常躲藏在林下茂密的灌木叢中，不容易被發現。

主食
主要以小型無脊椎動物為食，除了甲蟲、竹節蟲等，也會吃幼蟲、植物的果實和種子。

比較安靜，所以不易察覺其存在。

香港可能出沒的位置

低山丘陵 ✓
山腳地帶的山地森林 ✓
林區 ✓
花園 ✓

鳥綱 雀形目 鶇科
Orange-headed thrush
學名：Geokichla citrina

俗名黑耳地鶇。主要為留鳥，部分為夏候鳥。其種加詞「citrina」意為「橙色的」。

關於橙頭地鶇的二三事

啼一

啼一

刺耳警報

橙頭地鶇的鳴聲甜美清晰。當牠們感到警戒時，則會發出高聲刺耳的哨音「啼一啼一啼一」。

鳥語者

牠們有模仿其他雀鳥叫聲的能力，如鶇、鴛鴦和長尾縫葉鶯。

非常近人

樹麻雀

syu6　maa4　zoek3

體型

長約 12 至 14 厘米

身體短而圓,與其他鳥類相比,體型偏小。
兩頰側各有一塊黑色色塊,此為鑑別麻雀的關鍵特徵

習性

喜歡成群活動,集體活動時數量可達數百至千隻。生性活潑,但飛行距離不遠,亦不會高飛。

主食

隨季節變化會改變飲食的雜食性鳥類。春夏季節以昆蟲為主食,秋冬季節則轉而以植物的種子、果實為主。

香港可能出沒的位置

主要棲息在人類居住環境 ✓

會在很多洞的樹群木上
或建築物如穀倉的屋簷下築巢

鳥綱 雀形目 雀科
Eurasian Tree Sparrow
學名：Passer montanus

留鳥，為典型的食穀鳥，常出現於城市中。

關於樹麻雀的二三事

蹦蹦跳跳
相較於其他鳥類，只有樹麻雀在陸地上移動時是用跳的。

戰戰兢兢
樹麻雀找食時總是非常機警，如看見撒有食物的地方，會先向四周巡視，或已有幾隻同類進入食物範圍，才會有更多飛過去。

誰是老大
有研究指出，喉部黑色色塊越飽滿越大的麻雀，在群體中的地位越高！

寄生蟲走走走
樹麻雀會在沙地上進行熱沙浴，作用是除去身上的寄生蟲。

小記
樹麻雀可謂香港的標誌性鳥類，是作者最喜歡的動物呢！

Sparrow on The Peak, 2023

盧氏小樹蛙

lou4 man4 si6 syu6 waa1

體型

長約 1.5 至 2.5 厘米

習性

夜行性，白天主要躲藏在樹叢或枯葉下休息。手指和足趾上的吸盤發展得不太健全，故有別於其他樹蛙，甚少爬樹，通常穿梭於地面落葉間，有別於其他樹蛙。

主食

主要以白蟻或其他小昆蟲為食。

香港可能出沒的位置

樹叢 ☑
枯葉下 ☑
山洞中 ☑

在大嶼山、南丫島等地也有發現的紀錄。

體積極小！

腹部為白色，背部則呈棕色交叉斑紋

兩棲綱 無尾目 樹蛙科
Romer's Tree Frog
學名：Liuixalus romeri

又稱盧氏小樹蛙、羅默劉樹蛙或羅默氏
小樹蛙。

關於盧文小樹蛙的二三事

自然隱身術
其保護色可以完美地融入自然環境中，讓牠
們很難被敵人發現。

滴滴聲中的愛情
每年三月至九月，盧文小樹蛙的春天正式開
始。求偶叫聲像蟋蟀的「滴滴滴」一樣，在繁
殖季節裡，雄性會用這種聲音吸引體型較大的
雌性。

滴滴滴

小青蛙
盧文小樹蛙是世界上最小的青
蛙之一。

鴛鴦

jyun1 joeng1

體型
長約 41 至 49 厘米

體重
約 510 克

習性

常在山區水塘和溪流附近活動，休息時在水邊聚集。在繁殖期、遷徙季節和冬季成群活動，數量多達五十隻或更多。善於游泳、潛水。在白天，牠們會在水中央漂浮，夜晚則在樹林活動，清晨和黃昏時會在水田和沼澤地活動。

主食

雜食性動物，主要以植物性食物為主，如各種堅果等，也會進食動物性食物，如螞蟻、蝸牛、蜘蛛等。

香港可能出沒的位置

水邊 ☑
溪流 ☑
湖泊等地 ☑

在香港不易看到。
但也有可能在石門的城門河、米埔自然護理區看到牠們的身影。
雄性鴛鴦顏色艷麗，雌性外表則呈暗灰色。

鳥綱 雁形目 鴨科
Mandarin duck
學名：Aix galericulata

本名鸂鶒，又稱中國官鴨、五彩鴛鴦、匹鳥等。其中鴛指雄鳥，鴦指雌鳥。

關於鴛鴦的二三事

空中監察員

鴛鴦是一種機警的動物！返回棲所前，常常會有一對鴛鴦在上空盤旋，確認周圍沒有危險後，才會召集其他鴛鴦降落下來休息。

紫鴛鴦

在古代，人們稱其為「紫鴛鴦」，因為身體多呈紫色，李白的詩作中也多次提及，如「七十紫鴛鴦，雙雙戲庭幽」。

永恆愛情的象徵

喜愛成雙成對結伴而行的鴛鴦，在中國文化中被視為愛情的象徵。

游泳中的鴛鴦

龜殼花蛇

gwai1　hok3　faa1　se4

體型

長約 100 厘米

習性

夜行性的卵生蛇類，常在夜間覓食及攀爬樹木，有時也會闖入人類住宅。

主食

主要食物包括鳥類、蜥蜴、鼠類，有時候也會吃魚類和其他蛇類。

香港可能出沒的位置

山區灌木林 ✅
溪邊
陰濕的住宅附近 ✅

近年數量顯著減少，越趨罕見。

背部有深褐色波浪斑塊和暗褐色斑紋。

尾巴長度約為身體全長的六分之一

一種棕褐色的蛇。

爬行綱 有鱗目 蝮科
Brown-spotted pit viper
學名：Protobothrops mucrosquamatus

俗名烙鐵頭、老鼠蛇和惡烏子等，是
台灣六大毒蛇之一。

關於龜殼花蛇的二三事

一滴毒液就能致命

龜殼花蛇是管牙類毒蛇，毒性相當強，僅僅
48 毫克就能致命！他們的毒液是血循毒型，
能造成嚴重的中毒反應。

龜殼花蛇與人相處

龜殼花蛇不會輕易攻擊人類，因為他
們的毒液寶貴且製造不易，人類亦不
在他們的食物清單上。

花族的神聖蛇

在台灣，龜殼花蛇是少數民族派花族極為崇
敬的蛇種。他們會將蛇的花紋刻在刀鞘和食
具上，甚至在家中為牠打造一個小房間，並
且將房間內外的裝飾和用具都雕以蛇紋，以
示對龜殼花蛇的敬畏。

戴 勝

daai3 sing3

體型	體重
長約 27 厘米	約 70 克

頭上有像酋長的頭飾

興奮時會張開頭上的羽冠。

有可能會出現在米埔、塱原及部分市區公園

習性

單獨或成對活動。通常在地面上慢慢行走，一邊走一邊覓食。當靜息或在地面上覓食時，羽冠會展開，狀如一把扇子。性情相對溫馴，亦不太害怕人類。

主食

喜歡吃各種昆蟲和幼蟲，包括螻蛄、石蠅、蛾類和蝶類幼蟲及成蟲，還有其他小型無脊椎動物。

香港可能出沒的位置

山地	☑
平原	☑
林緣	☑
河谷	☑
農田	☑

鳥綱 犀鳥目 戴勝科
Eurasian hoopoe
學名：Upupa epops

又名墓壙鳥、鵀、鶝、鵊鵊、鶝鶝。
候鳥。

關於戴勝的二三事

波浪翅舞

當戴勝受到驚嚇時，會迅速將羽冠緊縮到頭上，並飛上樹枝或飛一段距離後落地。

與戴勝打招呼

戴勝的叫聲像「撲一撲一撲」，聽起來低沉而有力。在陸上行走時也會不斷點頭，好像在跟人打招呼一樣。

嘴巴探秘

在林緣草地和農耕地尋找食物時，戴勝會把長長的嘴巴插入泥土中覓食。

蟒 蛇

mong5 se4

現時在香港的最大獵食者

身體上有褐色斑點或斑紋，斑點間為黃褐至黃綠色
遍佈全港，主要棲息在草地、樹林和紅樹林。

體型
長約 3 至 5 米

體重
可達 120 公斤

習性

夜行性和雜食性。體型巨大但行動較緩慢，對人類正常不具攻擊性，但感受到威脅時亦會向人類發動攻擊。喜歡攀爬、游泳和睡覺，但主要為陸生。冬季群居冬眠；春秋季節，多在日出後活動；氣溫較高時，傾向在夜間活動；雨天時活動減少，大風時則會躲進洞中。

主食

主要獵食山羊、鹿、麂、豬等，亦常食鼠類、鳥類、爬行類及兩棲類。

香港可能出沒的位置

熱帶、亞熱帶低山叢林中

爬行綱 有鱗目 蟒科
Burmese python
學名：Python bivittatus

被稱為緬甸蟒、緬甸岩蟒或蟒，是世界上最巨型的蛇類之一。

關於蟒蛇的二三事

食量驚人

蟒蛇會靠近獵物，咬住並將其緊纏致死，把獵物壓扁成長條形後，分泌唾液來潤滑食物再吞下。牠們可以吃掉 15 公斤重的動物，其消化力十分高，吃飽後可數月不進食。

蟒蛇的生活溫度

蟒蛇對溫度敏感，30℃以上的氣溫使牠們更活躍，當氣溫低至 15℃以下，牠們會變得麻木。

蟒蛇界的「白寶石」

蟒蛇品種中帶有白化基因而變成全身白色的蟒蛇，是非常稀有的！

藍翅希鶥

laam4 ci3 hei1 mei4

體型
長約 14.5 厘米

體重
15 至 28 克之間

鳥類界的
社交達人

習性
藍翅希鶥活潑好動，常常成對或以小群活動。喜歡在喬木或矮樹上的枝葉間、灌木叢和竹叢中活動和覓食。

主食
主要食物為白臘蟲、甲蟲等昆蟲和昆蟲幼蟲，偶爾也會吃植物果實與種子。

香港可能出沒的位置

高山上疏落的灌木叢 ✓
濕潤的山林 ✓

尾巴很長的小精靈！

大部分時間都在樹間，很少在地上。

頭部和翅上帶有藍色斑紋。

鳥綱 雀形目 噪鶥科
Blue-winged minla
學名：Actinodura cyanouroptera

俗名灰短腳鵯海南亞種，是中國的特
有物種。候鳥。

關於藍翅希鶥的二三事

樹上飛舞的音樂家

藍翅希鶥喜歡在樹上一邊玩耍一邊鳴叫，
在樹枝間來回飛舞或蹦蹦跳跳。鳴叫聲為
清脆悅耳的雙聲哨音，時而高亢時而低
沉，就像唱歌一樣。

交個朋友

藍翅希鶥會成對活動，有時也會
和相思鳥、鶥成為夥伴，是很多
朋友的鳥類呢。

藍喉太陽鳥

laam4　hau4　taai3　joeng4　niu5

體型
長約 9 至 16 厘米

體重
在 4 至 12 克之間

習性

喜歡在花朵盛開的樹冠層或寄生植物花叢中活動，很少接近地面覓食，有時也會去四季豆農作物叢中覓食。獨自或成對活動，偶爾也會見到三至五隻成群活動。性格活潑，卻又很怕人。

主食

主要以花蜜為食，不過也會吃昆蟲等動物性食物。

香港可能出沒的位置

會在嘉道理農場出沒

- 林地 ✓
- 稀樹草坡 ✓
- 果園 ✓
- 農地 ✓
- 河邊 ✓
- 公路邊的樹上 ✓

色彩繽紛的小朋友。
特徵是頭部和喉部皆為藍色

鳥綱 雀形目 太陽鳥科
Mrs. Gould's sunbird
學名：Aethopyga gouldiae

俗名桐花鳳。留鳥。

關於藍喉太陽鳥的二三事

和平共處的秘訣
藍喉太陽鳥在覓食時，彼此會保持距離，除了使各自享有更多花蜜外，也能避免爭鬥與衝突。

短暫飛行秀
藍喉太陽鳥通常不會長時間飛行，只會在森林間短暫飛行，或者從一棵樹飛至另一棵樹就停息。

休息中…

鼬獾

jau6　fun1

體型
長約 38 厘米

體重
1 至 1.75 公斤之間

習性

夜行性動物,白天時會在洞穴裡或周圍的草木叢中休息,清晨返回洞穴,通常成對活動。季節性變化很大,在春、冬季會在陽坡林緣和灌叢間活動,而夏、秋季則轉移至陰坡林內和河谷灌叢間活動。喜歡在乾涸的水溝或小溪邊尋找食物。

主食

於不同季節,其飲食習慣也會有所不同,在春季時主要吃昆蟲和根莖,夏季會改為吃昆蟲和蛙類為主,秋季偏愛捕食小型動物和野果,而冬季則以無脊椎動物為主。

香港可能出沒的位置

主要出現在郊區,並不常見。

河谷 ✓
溝谷 ✓
丘陵 ✓
山地森林的灌叢和草叢中 ✓

尾長約 14 至 20 厘米。

頭頂後到脊背上有一條乳白色的縱紋。

有發達的鼻子和嘴巴。

哺乳綱 食肉目 鼬科
Chinese ferret-badger
學名：Melogale moschata

俗名為撥田豬、小豚貓、田螺狗、鰗鰍貓，台語稱其為「臭羶貓」。

關於鼬獾的二三事

挖掘能手
鼬獾喜歡在覓食時用其腳爪和鼻吻扒挖食物，並留下半月形的翻掘痕跡。

鼻子先行
看似靈敏的鼬獾實際上行動十分緩慢，走路時肚子幾乎完全磨在地面上，以鼻子靠近地面不停搜索的方式前進。

便便看門者
鼬獾喜歡住在石洞和石縫裡。洞穴通常只有一個入口，多數位於山勢較陡或草木叢生的地方。

洞穴的內裡會有非常濃烈的氣味，而且洞口兩側會有黑色長條狀的糞便。

鵲鴝

zeok3 keoi4

體型
長約 18 至 23 厘米

體重
32 至 50 克之間

習性

性格活潑、大膽好鬥，在繁殖期經常爭鬥。喜歡單獨或成對活動，會張開翅膀和翹起尾巴休息。清晨時常在樹梢高聲鳴叫，在繁殖期，雄鳥的鳴叫更加激昂多變。

主食

主要以吃昆蟲為主，包括蠅、蜂、蛹等昆蟲和幼蟲，還有小型無脊椎動物如蜘蛛、小螺、蜈蚣等，偶爾也吃小蛙等小型脊椎動物以及植物類。

香港可能出沒的位置

會在郊外及市區公園出沒。

遠闊草地 ✓
人類區域的樹林和竹林 ✓

可以模仿其他雀鳥的叫聲！

外觀為黑白相間，上半部為黑色，雙翅有白斑

鳥綱 雀形目 鶇科
Oriental magpie-robin
學名：Copsychus saularis

又名豬屎渣、吱渣、信鳥或四喜兒。
孟加拉的國鳥。留鳥。

關於鵲鴝的二三事

一兼多職

鵲鴝愛吃農林業的害蟲，能成為某些植物的
守護者。另外他們性格擅鳴、好鬥，又易於
飼養，常被人作為籠養觀賞鳥。

獨特行走方式

時常豎起尾巴，把尾翼扭向前方，以
彈跳的方式前進。

渣！

豬屎渣

如果鵲鴝受到其他雄性鳥類的干擾或出現在
其領域內，他們會拉長嗓子發出響亮而低沉
的「喳」聲來警告對手，亦因此被稱為「豬
屎渣」。

鐮魚

lim4 jyu4

外型很帥氣的魚

管狀的吻部很適合在小礁穴中搜尋無脊椎動物。
上下顎的牙齒很細長，眼睛周圍有一對銳利的角。

習性

常聚集在一起，有時形成大群。當遇到敵人或受驚時，會躲進礁盤的洞穴或縫隙中，在晚上則會變暗以融入周圍的環境。

主食

主要在礁石上覓食，目標包括珊瑚、海綿和海藻等有機物。

香港可能出沒的位置

生活環境非常多樣

從混濁的港口和珊瑚礁平台
到深達百米的乾淨珊瑚礁緣深溝 ✓

輻鰭魚綱 刺尾鯛 目鐮魚科
Moorish idol
學名：Zanclus cornutus

又名角鐮魚、角蝶魚，神仙，神像。
屬於暖水性魚類。因其色彩明艷、姿
態優美以及高高豎立的背鰭而聞名。

關於鐮魚的二三事

摩爾人的偶像

鐮魚的英文名稱「Moorish Idol」源自於東方人
對牠的尊敬，意思是摩爾人的戰神。相傳捕獲到
這種魚時，必須要向牠鞠躬，表達對牠的敬意後
再將牠放回大海。

藏在文靜外表下的牙齒

雖然鐮魚看起來文靜優雅，但其實牠們口中
有一排極其鋒利的牙齒，可以輕易地咬破各
種珊瑚，然後撕下一小塊來吃。

鐮魚不宜亂吃藥

鐮魚對藥物和寄生蟲疾病很敏感！在治療寄生蟲
時最好使用無藥物的方法，以避免傷害鐮魚。

變色樹蜥

bin3 sik1 syu6 sik1

體型

長約 10 至 12 厘米

背部有雞冠狀突起。

體色會隨環境而轉變。

雄性向雌性炫耀或宣示地域時，身體顏色會變得深紅。

習性

擅長攀爬樹木，會爬樹跳枝來捕獵，危險時可以從高處跳下逃脫。冬眠時藏身於地下洞穴。夏天晚上，常倒懸在樹枝上睡覺，有時會躲在洞穴中休息。

主食

主食包括各色各樣的昆蟲，例如蝗蟲、螞蟻、蠅、蜻蜓等等，也曾被發現吃雛鳥。

香港可能出沒的位置

廣泛分佈於香港

林下 ☑
山坡草叢 ☑
河邊 ☑
路旁 ☑
住宅附近 ☑

尾長可長達 36 厘米

爬行綱 有鱗目 飛蜥科
Oriental garden lizard
學名：Calotes versicolor

俗名馬鬃蛇、雞冠蛇、雷公蛇。
學名「versicolor」意為「變色的」。

關於變色樹蜥的二三事

小牙大口
變色樹蜥通常會使用靜候或以搜尋的方式來捕食。由於牠們牙齒細小，咀嚼力差，故會把整個獵物吞下去！

騙敵計
變色樹蜥會自斷尾巴來分散掠食者的注意！斷掉的尾巴還能扭動，讓它看起來像是活物。

雷公蛇傳說
據傳牠會咬人不放，只有在打雷時才會鬆口，故被稱為「雷公蛇」。實際上，變色樹蜥只會為了自衛而咬人，而且不會長時間把人咬住。

食蟹獼猴

sik6　haai5　nei4　hau4

體型　　**體重**
長約 40 至 47 厘米　約 5000 克

有黃、灰、褐三種毛色。
能儲存食物於頰囊中。
視覺靈敏但嗅覺退化。

習性

群居動物，由猴王帶領，喜歡攀藤上樹和探索岩洞。繁殖和缺食季節時，會聚集成更大的群體。能直立行走，發出咯咯聲像咳嗽。

主食

主食為螃蟹，也會吃水果、樹葉、小動物和鳥類等。此外，亦十分喜歡喝水。

香港可能出沒的位置

出現於金山、獅子山及城門郊野公園一帶

熱帶雨林 ✓
原始森林 ✓
臨近河流的椰林 ✓
沿海的紅樹林 ✓
草原 ✓
淡水沼澤 ✓
橡膠園中 ✓

哺乳綱 靈長目 猴科
Crab-eating macaque
學名：Macaca fascicularis

也稱長尾獼猴。

關於食蟹獼猴的二三事

猴群的警衛
當猴群集體行動時，牠們會有一位「哨兵」
猴子在高處放哨，一旦發現任何異常情況，
哨兵會發出警報。

探索新口味
因生存環境惡化，有些食蟹獼猴開始
學習捕食魚類！

猴子的情緒世界
猴子不僅能學習人類的動作，還能表達出各
種情緒，包括喜怒哀樂。情緒失控時，牠們
會丟石頭呢！

獼猴

nei4　hau4

體型　　　**體重**

長約 47 至 64 厘米　　約 6550 克

習性

群體活動，每群有數十隻或上百隻猴子，由一隻猴王帶領。繁殖和缺食季節時，會聚集成更大的群體。擅長攀爬藤蔓和樹木。

主食

主要以樹葉、野果、嫩枝和野菜為食，也會吃小鳥、鳥蛋、動物和各種昆蟲。

香港可能出沒的位置

闊葉林 ☑
懸崖峭壁又夾雜溪河
溝谷攀藤綠樹的區域 ☑

出現於金山、獅子山及城門郊野公園一帶

顏面瘦削，眼窩深，有頰囊。
毛色以灰黃色為主，面部裸露無毛。
平均壽命為 25 年。

哺乳綱 靈長目 猴科
Rhesus macaque
學名：Macaca mulatta

也稱恆河猴，是猴科動物中最為有名的。

關於獼猴的二三事

猴群足跡
獼猴經常在採食時將未熟的果實拋掉，經過的地方往往會留下斷枝及果皮等痕跡。

猴群中的王者
猴群裡的猴王都是經過激烈的競爭而誕生的！猴王的尾巴通常翹得很高，以顯示其尊貴身分，其他猴子則不敢輕易翹尾巴。

絕對權力
在猴群中，其他猴子必須聽從猴王的指揮。猴王總是率先享用美食，亦享有一夫多妻的特權，幾乎所有成年母猴都是牠的「王妃」。

後記

　　希望《香港生物之我思我畫》能為大家帶來美麗的圖畫外，還可以令大家更了解這些和我們生活在同一個城市的動物，原來香港這個小小的地方也有這麼多可愛的野生物種，牠們有著不同的習性、性格、各種可愛行為等等，皆是我很想跟讀者們分享的。不少珍貴的物種已開始在香港大量減少，如大頭龜、穿山甲等等，上世紀以前的舊香港還有赤狐、華南虎等物種，惜已成絕響。我們可以做的就是盡力保護這些到現今仍留下來的物種。

　　當我決定好繪本主題的時候，其實是十分興奮的！一直很想做一些跟香港有關的元素，大學畢業作品亦是以香港十八區和舊信箱為題，作為人生第一本出版的書，可以連結自己喜歡的動物題材作為書本主題，沒有比這個題材更完美的提案了。這

次用了水彩畫的形式記錄了我對香港生物的最直接感受，也在作畫時情不自禁地以直覺決定了某些用色，希望透過成品可以訴說我對牠們的感覺。

在製作本書的過程中，前往寫生或外出時遇到繪畫過的物種亦是十分難忘的，在南生圍看到在木板上站著的鳥、很多在水邊洗澡的鴨子、從空中插入水中捕魚的猛禽、喜歡站在同一棵樹的鷺、一次在山路中看到的大型貓頭鷹等等經歷，亦因更了解牠們而變得更有趣。

我不是生物專家，只能盡力提供了一些基本資訊，希望這本書能引起大家的興趣，繼續更深入和更精準地探討更多。作為插畫家，可以用自己的專業喚起你們對香港生物的愛就很滿足了。

希望你們也喜歡這次的繪本吧！

enlighten 亮光
&fish 光

書　　名：香港生物之我思我畫
繪　　著：CHAMO 梁煒鈞
撰　　文：陳廷杰
書　　法：words_in_cloud

出 版 社：亮光文化有限公司
　　　　　Enlighten & Fish Ltd
主　　編：林慶儀
編　　輯：亮光文化編輯部
設　　計：亮光文化設計部
地　　址：新界火炭坳背灣街61-63號
　　　　　盈力工業中心5樓10室
電　　話：（852）3621 0077
傳　　真：（852）3621 0277
電　　郵：info@enlightenfish.com.hk
網　　店：www.signer.com.hk
面　　書：www.facebook.com/enlightenfish

2024年7月初版

ＩＳＢＮ　　978-988-8884-10-0
定　　價：港幣168元